火蛾の詩学

ゲーテとイスラーム神秘主義

髙橋明彦

朝日出版社

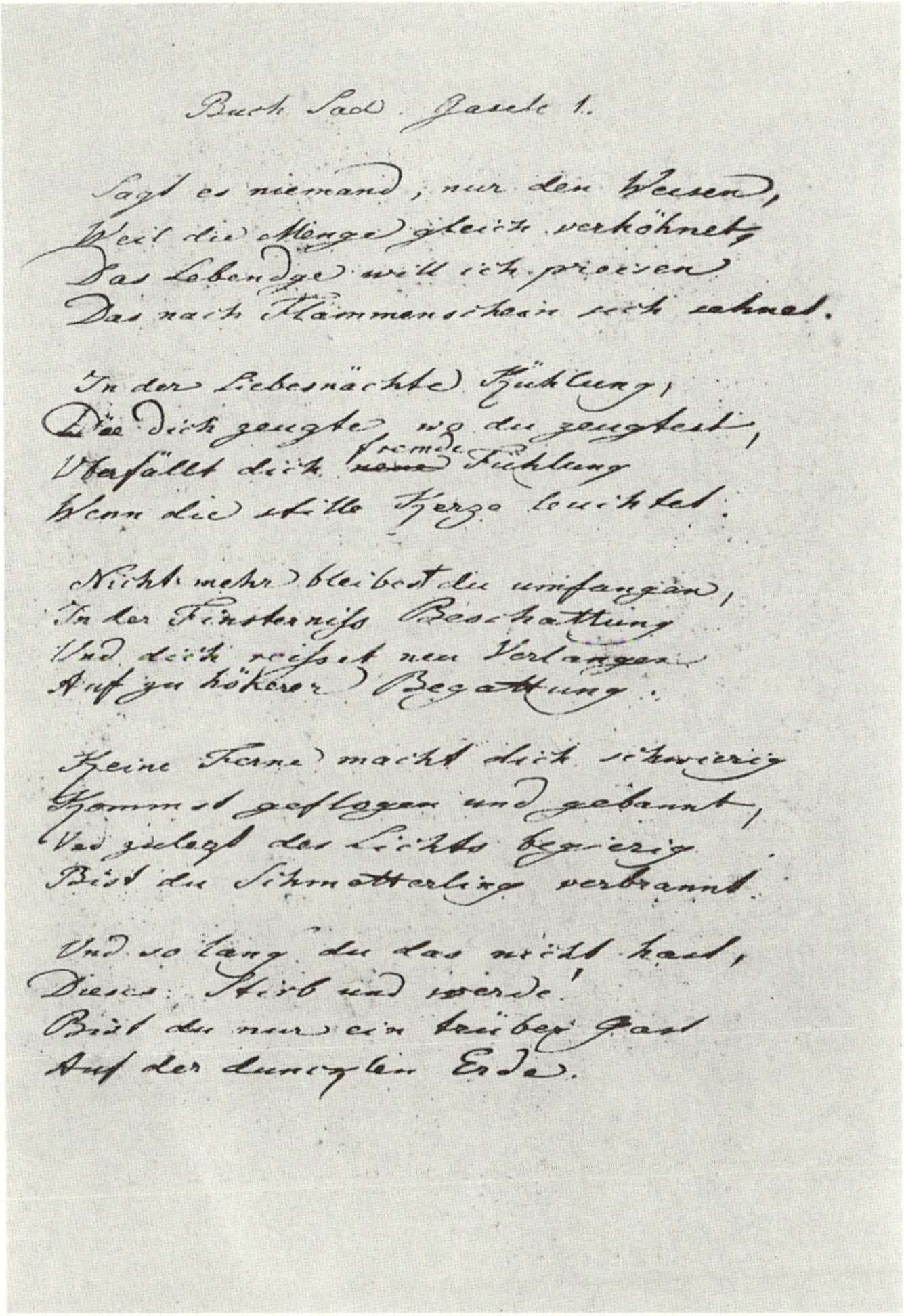
Buch Sad Gasele 1.

Sagt es niemand, nur den Weisen,
Weil die Menge gleich verhöhnet,
Das Lebendge will ich preisen
Das nach Flammenschein sich sehnet.

In der Liebesnächte Kühlung,
Die dich zeugte, wo du zeugtest,
Überfällt dich fremde Fühlung
Wenn die stille Kerze leuchtet.

Nicht mehr bleibest du umfangen,
In der Finsterniss Beschattung
Und dich reißet neu Verlangen
Auf zu höherer Begattung.

Keine Ferne macht dich schwierig
Kommst geflogen und gebannt,
Und zuletzt des Lichts begierig
Bist du Schmetterling verbrannt.

Und so lang du das nicht hast,
Dieses: Stirb und werde!
Bist du nur ein trüber Gast
Auf der dunklen Erde.

1. 1814年7月31日に完成した「至福の憧れ」の手稿。標題はこのときはまだBuch Sad Gasele1. であり、第4詩行では最終的に選ばれるFlammentodという語がFlammenscheinとなっている。

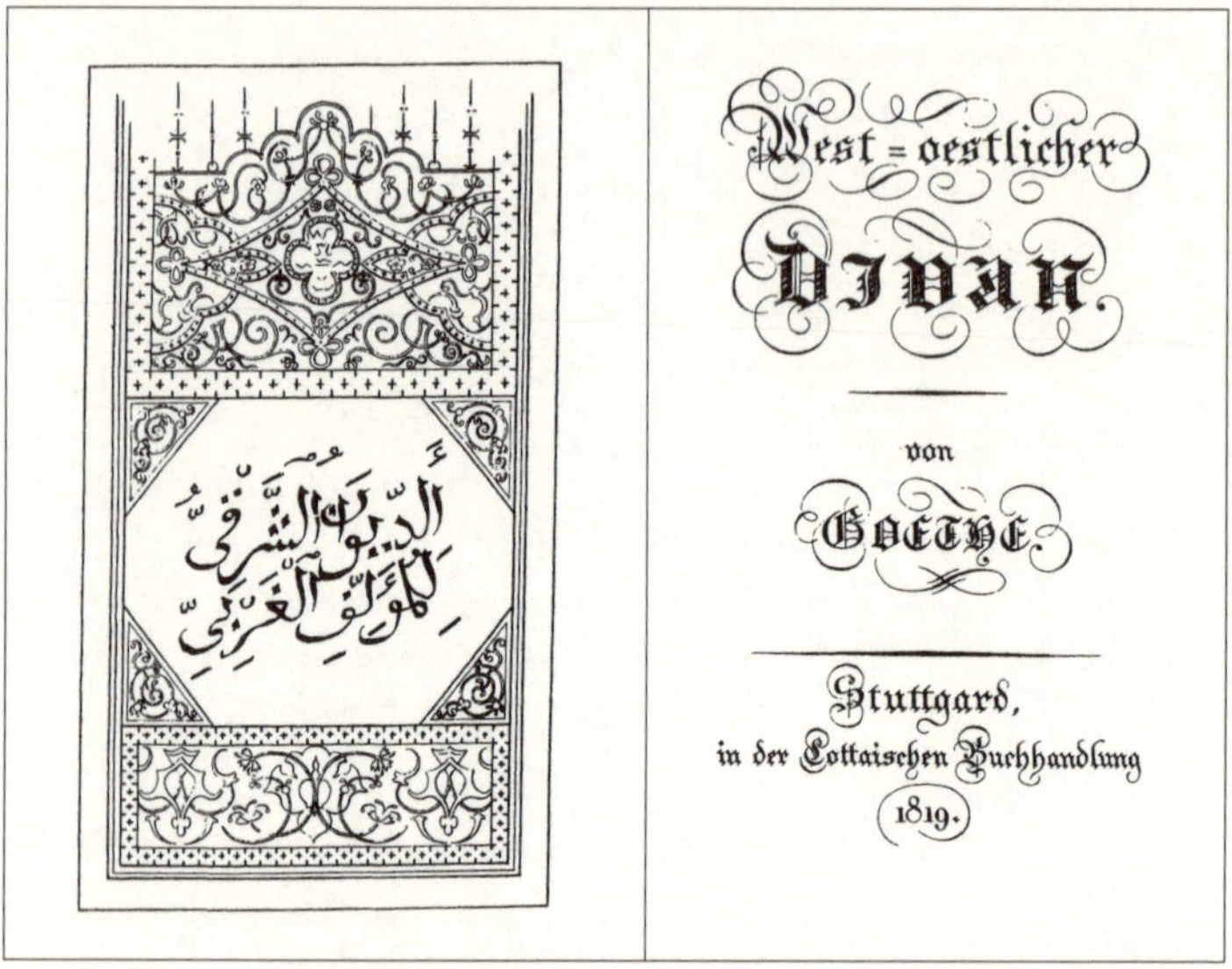

2.　1819 年『西東詩集』初版のタイトルページ

火蛾の詩学
ゲーテとイスラーム神秘主義

高橋　明彦

目次

II

まえがき

二〇〇〇年九月に発表され、第一七回メフィスト賞を受賞した古泉迦十の小説『火蛾』の本の表紙には、大きな金文字で刻されたタイトル下方の少し離れたところに同色で、しかし慎ましいばかりに小さな文字で

BIST DU SCHMETTERLING

V E R B R A N N T

と刻されている。

うかつにも私はこのドイツ語の刻字を長いことすっかり見落としたままでいた。この小さな金字の出典は、ヨーハン・ヴォルフガング・フォン・ゲーテの『西東詩集』のなかの詩「至福の憧れ」の一節「蛾よ、おまえは焼きほろぼされる」である。少し後になってふとした機会にこのことに気づいたとき、私はまず自分の不明を愧じた。そして次に当然のことながら、この小説『火蛾』の成り立ちにゲーテの詩の一節がどのようにかかわっているのかについて知りたくなった。

ゲーテの詩「至福の憧れ」も古泉の小説も、ともにイスラーム神秘主義（スーフィズム）の

背景をもっている。スーフィズムとは、イスラーム信仰において、神との神秘的合一体験（ファナー）を目標として、自省的内観を重視する思想運動のこと。

しかしながらこの小説を読めばわかるように、そこには『西東詩集』や「至福の憧れ」についてはおろか、ゲーテの名前すらも見あたらない。ではなぜあのゲーテの詩句がわざわざその表紙の一角に添えられているのであろうか？この小説に登場する火蛾とゲーテの詩の中のそれとはいかなるつながりを持っているのか？それともそのようなつながりを取り立てて想定する必要はなく、この表紙を飾るゲーテの詩句は本文の内容とは直接のつながりのない、たとえあったとしても緩やかなつながりだけの単にレトリカルな題辞のたぐいにすぎないのか？……このような疑問が脳裡に次々に去来した。そしてそのような疑問に触発されて私はゲーテの詩「至福の憧れ」をそれまでよりは少し詳細に読み直したのである。

以上が本書の出発点である。

本書の表題にも用いた〈火蛾〉についてであるが、『日本国語大辞典』第二版を繙くと当該項目にはおよそ次のような記述がみられる。すなわち、ひが〔火蛾・灯蛾〕は灯火のまわりに集まる蛾で〈ひとりむし〉とも呼ばれる。すでに日葡辞書（一六〇三／〇四）には〈Figa〉として燈火のまわりを飛ぶ蝶に似た虫、と記されている。俳人松本たかしは一九三五年の句集の中の一句をこの火蛾に献じている。

金粉をこぼして火蛾やすさまじき

I

1　ハンマー訳ハーフィズ詩集

0　至福の憧れ

1　だれにも告げるな、賢い人らをおいて、
2　衆人はただちに嘲《あざ》むるのだから、
3　焔の死にあこがれる
4　生けるものをこそわたしは称《たた》えよう。

5　おまえを生み、おまえが生むことをした
6　愛の夜々は冷えわたり、
7　しずかな燭がかがやくとき、
8　みしらぬ感動はおまえをおそう。

もはやおまえはくらやみの
翳りにとらわれた身ではない、
あらたな欲望はおまえを攫《さら》う、
より高いまぐわいへ。

遠さは何の支障でもない、
おまえはましぐらに呪《まじ》のちからに惹かれて翔ぶ、
そして究竟、光にこがれ
蛾よ、おまえは焼きほろぼされる。

この、死して成れ！　このことを、
ついに会得せぬかぎり、
おまえは暗い地の上の
暗く悲しい孤客にすぎぬ。[1]

ゲーテの『西東詩集』の開巻劈頭「うたびとの書」に収められた「至福の憧れ」という題の

詩である。この詩集は大小それぞれ二五〇にのぼる詩から構成されているが、その中の数ある優れた詩の中でもその最頂点に立つものとして、この作品だけが単独で論じられることの多い作品でもある。本書もその顰みに倣うものである。この「うたびとの書」を含む十二の「書」Nameh からなる抒情詩連作としての『西東詩集』[2] West-östlicher Divan はその初版が一八一九年に、さらに一八二七年には決定版がそれぞれ刊行されている。しかしここに掲げた詩「至福の憧れ」Selige Sehnsucht はすでに早く一八一四年七月末日には当時ゲーテが滞在していたライン河畔の保養地ヴィースバーデンで完成をみていた。二〇世紀初頭一九〇二年から一九一二年にかけて刊行された全四十一巻におよぶ、いわゆるコッタ記念版ゲーテ全集の第五巻（一九〇五）は全編この『西東詩集』にあてられているが、その序文と注釈を担当した碩学カール・エルンスト・コンラート・ブールダッハ（一八五九〜一九三六）は、わずか二十行からなるこの詩に対して6ページを費やして委曲を尽くした注釈を試みている。[3] その冒頭でブールダッハは、このテクストについて「ゲーテの詩のなかでおそらくもっとも難解なもの」──もっとも難解な詩のうちの一つ、ではない──と評価し、それ以来今日にいたるまで、このブールダッハの評言は──その当否は別として──「至福の憧れ」を語るときほとんどつねに引き合いに出されるものとなっている。そのことと同時に注目すべきは、ブールダッハはこの詩の下敷きとなったテクストあるいは元歌として、十四世紀イランの抒情詩人ハーフィズによる「徹頭徹尾スーフィズム」にもとづいて書かれたペルシア語のあるテクストを示唆していることである。

それはいま措くこととして、この詩が書かれたときゲーテは六四歳、畢生の大著『色彩論』を完成させ、自伝『詩と真実』の続編としての『イタリア紀行』の執筆に着手していた。しかし二年後の一八一六年には妻クリスティアーネの病死を体験することになるであろう。

その妻をともなってゲーテは一八一四年五月一三日からおよそ一か月半のあいだヴァイマルの南郊イルム河畔の温泉保養地ベルカに逗留する。このときの五月十八日のゲーテの日記には「[ヨーハン・フリードリヒ・]コッタ、昼まで滞在」とあり、おそらくはこのおりにゲーテはコッタから彼の経営する書店で一八一二年から翌年にかけて刊行されていたヨーゼフ・フォン・ハンマーによるペルシア語原典からの初訳『ハーフィズ詩集』全二巻を贈られたのであろう。翌十九日の日記にはすでに「巻毛」Lockenという書き込みがみられ、これは『西東詩集』「愛の書」の中の詩「溺れはてて」の冒頭「ちぢれた巻毛どっさりの、このまろやかなこうべ!／さてこのゆたかな髪を／手いっぱいにかきまわしてもよいのなら、／心の底から健やかに感じられる。……[4]」に発展していったと推定される。

ヨーゼフ・フォン・ハンマー、一八三五年以降は男爵位がついてヨーゼフ・フォン・ハンマー＝プルクシュタル（Joseph von Hammer-Purgstall 1774～1856）はヴィーンのハプスブルク宮廷に仕える通詞。アラビア、ペルシア、トルコの言語、文化、歴史に通暁し、当時の最高のオリエント学者のひとりとしてヨーロッパ全土にその名声は行きわたっていた。しかしまたその一方で、イスマイル派「暗殺団」をテーマとするアラビア語による歴史小説を真正の歴史的文書と思い込んで、それをもとに怪しげな『暗殺団史』*Geschichte der Assasinen*, Stuttgart / Tübingen 1818) なる書物をものして当時の人気を博していたのもこのハンマーであることは井筒俊彦の指摘するとおりである。[5] 西洋人のいわゆるオリエンタリズム幻想の、すなわち西欧が東方に対していだく憧憬の入り混じった妄想的思念の産物たる「暗殺団」のイメージを、あたかも歴史的真相であるかのように当時の知識人たちのあいだに流布させてしまったこの書物についてもゲーテは多少なりとも知っていたと思われる。

しかしゲーテについていえば、彼にとってより重要だったのはハンマー編集による雑誌『オリエントの宝庫』*Fundgruben des Orients* 所載のハンマー自身の手になる数多くの翻訳や論文が『西東詩集』の準備作業のためにきわめて有益な資料を提供していたということである。後に一八一六年から一八一八年にかけてゲーテ自身によって書かれた「『西東詩集』のよりよき理解のために」というタイトルの添え書きのある『注解と論考』*Noten und Abhandlungen zu besseren Verständniß des West-östlichen Divans* の中で、ハンマーについて以下のように記されているのは『西東詩集』成立の歴史的背景を知るためにも注目に値するテクストである。

この尊敬すべき人物に私の負うところは多大であり、それはこのささやかな書のあらゆる部分が証明している。私はひさしくハーフィズおよびハーフィズの論に注目していたが、私の管見に入った文献、紀行文、年報、その他の伝えるところはすべて、この傑出した詩人の価値、業績についていささかの観念も直覚もあたえてはくれなかった。そのはてにしかし一八一三年春ハーフィズの全作品の完訳が手に入ったとき、私は特別な愛着をもって彼の内面的本質を把握し、私自身の創作によってハーフィズとの縁を結ぼうと努めた。この友愛にみちた作業は憂慮すべき時期を耐えしのぶのを助け、最後には、やっと獲得された平和の結果を楽しむのに助けとなった。

すでに何年も前から『宝庫』の活発な働きは、一般的に私の知るところであったが、ここにはじめて、その書から裨益されるべき時が到来したのだ。[6]

ここでハーフィズの全作品の完訳を入手したのが一八一三年の春とされているのは、ゲーテの記憶違いで、正しくは一八一四年の春。また「憂慮すべき時期」「やっと獲得された平和」という表現はいうまでもなく対ナポレオン戦役にかかわることである。

ここでこのあたりの歴史的状況を以下に簡略に示しておくことにしよう。

一八一三年十月　ライプツィヒでロシア、プロイセン、オーストリア同盟軍がフランス軍に大勝。
一八一四年三月　連合軍パリに入る。
四月　ナポレオン無条件退位、エルバ島に流刑。ルイ十八世即位、ブルボン王朝復活。
〔七月　「至福の憧れ」成立〕
九月　ヨーロッパの秩序回復のためヴィーン会議開催。
一八一五年二月　ナポレオン、エルバ島脱出、パリに戻る。
六月　ワーテルローでイギリス、プロイセン連合軍がフランス軍に勝利。ナポレオン、二度目の退位。セントヘレナ島に流刑。ブルボン王朝復活。
九月　ヴィーン体制の維持と反動政策の強化。ロシア皇帝、オーストリア皇帝、プロイセン王のあいだで神聖同盟成立。
十一月　理念的な神聖同盟に対し、現実的実際的な政治軍事同盟としてのイギリス、ロシア、オーストリア、プロイセンの四国同盟成立。
〔一八一九年八月　『西東詩集』初版刊行〕

後年ゲーテはこの時代を回顧しつつ、一八二八年三月十一日のエッカーマンとの対話で次のように述べている。

十年か十二年前の解放戦争後の幸せな時代には、『西東詩集』の詩をつくるのに夢中だったが、あのときは生産力も旺盛で、一日に二、三篇ものすることだってよくあったよ。戸外だろうと馬車の中だろうと、宿屋だろうと、どこでも平気だった。[7]

このような一連の世界史的過程のなかでゲーテは、十四世紀ペルシアの生んだ最高の抒情詩人ハーフィズの詩をハンマー訳によって知ることになったのである。

2 双子の兄ハーフィズ

これよりすぐにゲーテはみずからの創作意欲をこの詩人によって刺激され、ハーフィズを自分の双子の兄弟と思うまでに心酔し、次のような言葉でもってこの東方の兄に向って呼びかけるにいたるのである。

たとえ世界が沈みはてようと、
ハーフィズよ、あなたとこそ、あなたひとりとこそ
わたしは競いあいたい！　快楽と苦痛は
われら双生の子らに共通であれ！

このようにしてゲーテは「ペルシアの歌びとムハンマド・ジャムスッディーン・ハーフィズに絶えずかかわるドイツ語の詩集」（『西東詩集』の原題）をやがて生み出すことになるであろう。この詩集の二番目におかれた詩群はこのペルシア詩人の名を冠した「ハーフィズの書」としてまとめられており、このツィクルス全体においても重要な一角を形成する。右で引用した一節はこの「ハーフィズの書」に収められた「際限なく」[8]という表題をもつ詩に由来する。

さて以下において、詩人ハーフィズについて、集英社版『世界文学事典』の岡田恵美子によ る「ハーフェズ」の項目、ならびに東洋文庫版『ハーフィズ詩集』巻末の訳者黒柳恒男による「解説」等に拠りながらその概要を示しておこう。[9]

ハーフィズもしくはハーフェズ（Ḥāfiẓ Shīrāzī ; Shams al-Dīn Muḥammad ibn Muḥammad

1326? ～90頃）はイラン中南部シーラーズに生まれた。年代的にいえばヨーロッパではペトラルカ（一三〇四～七四）、ボッカッチョ（一三一三～七五）、日本でいえばおよそのところ『徒然草』（一三一〇頃～三一頃）の作者吉田兼好の年代にほぼ相当する。ハーフィズは「コーランの暗誦者」を意味する雅号。青年期までの彼の消息をほとんど知ることはできない。しかし当時の学問と詩の一大中心地でもあるこの地において、非凡な才能に恵まれたハーフィズがその若い頃に学問に対して情熱を抱き、精進を重ねて高度な成果を修めていたことはその作品からも十分に推測できる。ハーフィズを特徴づける詩圏は、十三世紀にサアディー（一二一〇頃～九二頃）が完成させた伝統的恋愛詩と、ルーミー（一二〇七～七三）が完成させた神秘的抒情詩という二つの抒情詩の融合にある。ペルシア語、アラビア語でともにガザル ghazal と呼ばれるイランの抒情詩はもともと人間の恋愛を主題としたものであったが、神秘主義（スーフィズム）思想が民衆のあいだに浸透していくとともに、神に対する情熱的信仰や愛を歌うようになっていく。ガザルは一般に短いものでは五つの対句、長くても十五、十六の対句から成り、結句には通常作者の雅号が詠み入れられるのが特色である。またガザルに用いられる比喩ならびに象徴は現実的、神秘主義的、宮廷詩人的という三つのコードにもとづいて解釈することができる。たとえばハーフィズのもっとも有名なガザルの詩句にもしシーラーズの乙女わが心を受けなば／その黒き黒子《ほくろ》をかたにわれは与えん／サマルカンドをもブハーラーをも……[10]（岡田恵美子訳）

というのがあるが、これを現実的な意味にとれば、美女の都にして、またその郊外を流れるロクナーバードの水と馥郁たるモサッラーの園の薔薇で飾られた都市としてのシーラーズを文字通り讃えるものとして読むことができる。そして神秘主義的な意味においては、シーラーズの乙女とは神を、黒子《ほくろ》は不可視の霊界を、サマルカンドとブハーラーはそれぞれ現世と来世とを表徴するものである。また宮廷詩人の立場に立てば、乙女は保護者としての王侯となり、宮廷への栄えある出仕を希う詩人の切なる心情を歌うものとなろう。またハーフィズはその作品の中でみずからをしばしば「遊蕩児《リンド》」と呼んでいる。しかしこの語はそこからすぐに連想されるような無頼の放蕩者のイメージよりはむしろ宗教的な意味において、外面的な形式に拘束されることのない自由思想家《リベルタン》に近い。したがって彼の詩の解釈コードの一つである神秘主義的な立場も、当時のあまりに堕落した形態としての神秘主義者のそれと短絡的に結びつけてしまうのは誤りであるとされている。ハーフィズの生活信条としての遊蕩道（リンディー）は人間本来の欲求に即して自然に生きつつ、しかし現世に必ずしも執着はしないことを旨とするものであった。以上がハーフィズの生涯ならびにその詩についてのごく大まかな概略である。

さてゲーテは先にも引用した『西東詩集』自注『注解と論考』において、詩人ハーフィズの特徴を以下のように表現している。

ハーフィズは、偉大にして快活な才能であるが、人がほしいと願うものをすべてしりぞけ、人がなくてはこまると思うものをすべてないがしろにすることをもって自足するが、しかも同時に世の人々の愉快な仲間たることをやめなかった。ハーフィズは彼の民族および時代のなかに置いてのみ正当な認識を得る。しかしながら、いったん理解されたならば、彼は生涯のいとしい友となるのだ。実際、いまもなお、意識してというよりはむしろ無意識に、駱駝や騾馬を追う者たちがハーフィズの詩を歌いつづけているのは、作者自身がほしいままに寸断してしまった詩の意味のせいではなく、彼が永遠にきよらかにもまたよろこばしく世にひろめつづける気分のせいなのだ。[11]

ここで使用されている、「快活な」heiter、「愉快な」lustig、「いとしい」lieblich、「永遠にきよらかにもまたよろこばしい」ewig rein und erfreulich、といった、まるでモーツァルトの音楽を想起させるような明るく軽快な遊戯の「気分」Stimmung の一連の形容詞は、ゲーテがハーフィズの詩のいかなる側面に魅了されていたかを如実に示すものとなっている。

このようなハーフィズとゲーテについて、「出来のよい、すぐれて快活な人々」の典型として挙げていたのがニーチェであった。ニーチェはその『道徳の系譜』第三論文第二節「禁欲主義的理想は何を意味するか？」において、この二人を一括りにして「〈獣と天使〉のあいだの均衡の不安定性をすぐさま生存反対の理由に数えたてたりなどは決してしない」、その意味において出来のよい快活な人たちと規定し、この二人のごとき「こよなく繊細で明朗な人たち」は「貞潔と官能」という矛盾のうちにこそ「一段とゆたかな生の魅惑」を見てとり、まさにそれこそ生存への誘惑を果たすものとされているのである。[12]しかしその反面、ニーチェは『善悪の彼岸』においては、ハーフィズやゲーテが情念というものに対する「好意的な放胆な献身」なるものをわれわれに教示してくれてはいるものの、こうしたものはしかし「「もはやほとんど危な気がない」老年の賢い」〈遊蕩児〉がたまさかの例外的な機会に、何もかもの拘束を思い切りかなぐり捨てて心身を挙げて行なう精神的・肉体的な「〈習俗からの放免〉」にすぎないということも付言しているのを忘れてはならないであろう。[13]おそらくは『西東詩集』によって詩人ハーフィズの存在を知り、この詩集を徹底的に読み込んだのであろうニーチェならではの含蓄深い指摘である。そしてまたそれはハーフィズ、とりわけゲーテのいわゆる「老年様式」もしくは「晩年のスタイル」（サイード）をも示唆するものとなっている。

3 ゲーテのプレテクスト

ハーフィズをみずからの双子の兄とみなし、ハーフィズの詩を絶えず意識しつつ紡ぎ出されたドイツ語の詩の集大成が『西東詩集』であるとすれば、その中の「至福の憧れ」という詩についてもハーフィズの詩との密接なつながり、たとえば日本の和歌でいう本歌と本歌取りのような関係を想定することができよう。もととなる古歌の一部を截ち入れることによってみずからのテクストをそれと重層させ複雑化するあの手法である。実際のところ和歌でいう本歌とまでは言えないにしても、少なくとも「至福の憧れ」にとってのお手本あるいは下敷きとされたプレテクストとなっているのが、ゲーテが手にしたハンマー訳『ハーフィズ詩集』第二巻に収録されている以下のようなテクストであることは間違いない。(なお各詩節の前に付された数字は便宜上のものである。)

1　そなたの巻毛の縛めからは
　　だれも自由になれはしない

その報いを恐れることなく
　そなたは恋人たちを引きずっていく

2

悲惨な沙漠へと
　赴かぬかぎり　恋人は
魂の奥処なる聖地へと
　到ることなどできはしない

3

そなたの睫毛の尖端をもってすれば
　ルスタムをも打ち負かすであろう
そなたの眉毛の射手は
　ワッカースをも恥じ入らせることであろう

4

魂は蠟燭のように
　あかるく愛の焔で燃え上がる
そしてわたしは浄らかな心もて

　わが肉体を生贄に捧げた

5

あの火蛾のように欲望のあまり
　身を焼き亡ぼさぬかぎりは
おまえは愛の悲傷から
　救われることはない

6

そなたはうつり気な者の魂に
　火を投げ入れてしまった
でも魂は　そなたを眺めたい一心で
　周りをずっと舞いつづけていただけ

7

よいか　愛の錬金術士は
　土埃めく肉体というものを
純金に変えてくれることだろう
　たとえ肉体が鉛であったとしても

8

おおハーフィズよ！凡愚のともがらに
　大粒の真珠の価値などわかるものか？
されば貴重な美玉というのなら
　ただ　それを弁《わきま》える者にのみ与えるがいい[14]

四行で一つの詩節を成す体裁をとっているが、もちろんこれは「行分けされた散文といった程度のもの」（生野幸吉）で、ここからペルシア語の原文がもっているのであろう陰翳ゆたかで精緻な韻律の美をうかがうことはできない。卓越した東洋学者、イラン学者であるハンス・ハインリヒ・シェーダー（Hans Heinrich Schaeder 1896～1957）は「ゲーテ〈至福の憧れ〉のペルシアの元歌」（一九四二）という論文の中で、このハンマー訳について「詩神《ムーサイ》と優美《グラーツィア》の女神に見放された」ものという酷評を下している。[15]

実際のところこのハンマー訳のテクストのもととなった詩は、ハーフィズ自身によるものではなくおそらくはその亜流、二流どころの詩人の手によるものと推定されている。一九七二年に刊行されたレクラム世界文庫の『ハーフィズ詩集』にもこのハンマー訳のテクストがそのまま収録されてはいるものの、編纂者J・Chr・ビュルゲルは次のようにやや苦々しげに断り書きを入れている。すなわちこのガザルはハーフィズの偽作とみなされて、最新のハーフィズ詩集の校訂版テクストにおいては採用されないにもかかわらず、これを収録したのはひとえにこの作品がゲーテの『西東詩集』の中でももっとも名高い詩「至福の憧れ」の本質的モチーフを提示していることによるものである、と。[16] しかしこの点に関していえば、ハーフィズ文献学においてはともかくも、少なくともゲーテの「至福の憧れ」を読むうえではたいした支障とはならないであろう。理由は至極簡単である。ゲーテはともかくもこのガザルのテクストをハーフィズ自身の作によるものとみなしていたのだから。したがって本書においても、この詩をハーフィズによるものとして論を進めることにしたい。

さてシェーダーは、ハンマーによる訳では四行で一詩節を構成するこのガザルを、ほんらいの形式である対句による二行詩へと戻しながら、そこに多少の注釈的語句を織り込むことによって、おそらくはペルシア語による原詩、元歌により近い形での以下のようなパラフレーズを試みている。

1

そなたのほつれた巻毛のきずなをまのあたりにしては何びとといえどもなすすべを知らない
そなたは　あわれな恋人を殺し、報いの権利を恐れたりはしない

2

恋人たるもの　その灼熱の心もて　自我消融《ファナー》の沙漠へと赴かぬかぎりは
魂の奥処なる聖地の　この上ない精通者となることはない

3

そなたの睫毛の矢は　かのルスタムをも圧倒し
そなたの眉毛の矢は　名手ワッカースの弓をも賭射《のりゆみ》の形にとるほど

4

そなたにわたしはわが魂を捧げた　蠟燭のごとく誠実をこめて
そなたにわたしはわが肉体を生贄に献じたのだ　誠心から

5

わが魂よわが肉体よ　そういうおまえは憧憬とまごころもて　あの火蛾のごとく
欲望のあまり
燃えつきてしまわぬかぎり　おまえには愛のもたらす悲傷を癒すいかなる救いも
ないであろう

6

蛾のごとくはたはたと舞うそのうつり気な心にそなたは火を投げ入れたのだ
それなのにあの火蛾のようになりそこねたわれわれときたら、たえず心のなかで

そなたを欲しつつ求めつつ
　しかし遠くを近くを舞いつづけていただけ
7　そなたへの愛という悲しみの錬金薬液《エリクシール》はわたしの土埃めく肉体を
醇乎たる金へと変えてくれることだろう　鉛のごとき肉体であったものを
8　貴い真珠の値うちなど凡愚のともがらにどうしてわかるものか?されば
ハーフィズよ　比べるものなき美玉というのなら　よく弁《わきま》える者にのみそれを与えるがいい![17]

わが国の『ハーフィズ詩集』の訳者である黒柳恒男によれば[18]、ペルシア抒情詩ガザルは、半句(ミスラー)のあとに第二の半句を続けて対句(ベイト)と成し、この対句でもって一つの詩行を完結させる。ハーフィズのガザルでは、この対句の数が十六におよぶものもあるが、その大半は七、八、九の対句で形成されている。シェーダーが再構成したハーフィズのテクストは八つの対句によるものである。またペルシア抒情詩の最大の特徴として挙げられるのは、黒柳恒男によれば、そのテーマの一貫性が欠如しているということである。ガザルの各対句は二行をもってそれぞれ独立したユニットを形づくってはいるものの、その前後におかれた対句どうしの意味上の連関がきわめて緩やか、もしくは希薄なのである[19]。ハーフィズのガザルもこの例にもれない。このようなペルシア抒情詩の特徴をすでにゲーテがその『注解と論考』においてQuodlibet（混淆）という表現でもって以下のようにとらえているのはまさに慧眼というほかない。なおQuodlibetとは、広くは学問、とりわけ神学に関する微妙な議論、細かな論点をさし、また音楽用語クォドリベットは十六世紀から十八世紀にかけて、二つ以上のよく知られた独立の旋律（多くは俗謡、流行歌）を異なる歌詞で多声的に組み合わせて同時に歌う、多少なりともユーモラスな混成曲のことをさしていう。このQuodlibetについてゲーテは次のように述べている。

さて、詩の技術があらゆる詩法にかならず大きな影響をおよぼすという事実を考えるならば、ここにおいても、オリエントの詩人たちの用いる押韻二行詩が一種の対句法を求めることがわかる。しかしその対句法は、脚韻が二つのまったく異質な対象を指示することによって、精神を集中させるかわりに、精神を散漫にする。そのため彼らの詩は混淆（Quodlibet）ないしあらかじめ規定された脚韻といった外観を呈する。そうした脚韻の踏み方によってすぐれた詩を作るにはもとより第一級の才能が求められるのである。この点でオリエントの国民が厳格な判断をくだしたことは、彼らが五百年のあいだに最高の詩人としてただ七人をしか認めなかったという点に看取できる。[20]

ハーフィズがこの七人のうちに数え入れられていることは言うまでもないことである。

さて、シェーダーによるパラフレーズからも明瞭に見てとれるように、ペルシア抒情詩の特性にならって、その対句どうしの主題的一貫性を欠落させているかにみえるハーフィズのガザルがゲーテの「至福の憧れ」の元歌であり、プレテクストであるとすれば、それはどのようなかたちで、あるいはどのように変容させられて、ゲーテのテクストに採り入れられているのであろうか？以下においてゲーテの「至福の憧れ」、そしてその元歌としてのハーフィズのガザルのハンマー訳、およびそのシェーダーによるパラフレーズという三つのテクストを比較しながらこの点について考えてみることにしたい。

まずゲーテの詩においては、まったく無視されているハーフィズの第一詩節／対句と第三詩節／対句からみていくことにしよう。

これらの詩節と対句はともに「巻毛」「睫毛」「眉毛」というメトニミーによって集約的に表現されている愛人の容貌の美しさを讃えるものである。とりわけ第三詩節／対句は、シェーダーによれば、ペルシア的詩趣の洗練を示す好個の例であることが、ルスタムとワッカースという二人の名前の対置によって示されている。[21] ワッカース、すなわちサアド・イブン・アビー・ワッカース（600頃〜670/678）は預言者ムハンマドの側近であり、弓の名手として名を馳せていたという。一方、ペルシアの国民的英雄叙事詩『シャー・ナーメ（王書）』の中でももっともよく知られ愛された英雄の名を身に負い、サーサーン朝ペルシアの王族ルスタムの孫と伝えられる人物も同様に弓のすぐれた射手であった。この二人はムハンマドの死後西暦六三七年頃、バクダードの南方ヒーラーに近いカーディスィーヤの地におけるいわば天下分け目の戦いで対峙する。すなわち、この地方に侵攻したイラク方面総司令官ワッカース率いるムスリム軍は、サーサーン朝最後の君主ヤズデギルド三世（在位六三二〜五一）によって派遣された最高司令官ルスタム麾下のペルシア軍をこのとき撃破したのである。とはいえ、このムスリムによるペルシア征服という東方の世界史的事件も、いわば「紅旗征戎吾ガ事ニ非ズ」とばかり、西方のゲーテの関知するところではなかったようである。ゲーテの「至福の憧れ」においてその核心的形象を担っているのは、ペルシア、ムスリムの英雄などではなく、一匹の「蛾」にほかならない。見知らぬ感動におそわれ、新たな欲望に攫われて蠟燭の光に焦がれ、その焔の中に飛び込んで焼き亡ぼされるあの「火蛾」。──

4　火蛾への変容I　ハーフィズ

ここでハーフィズのテクストに目を転じれば、この蛾の形象は5、6という番号を付した詩節もしくは対句的二行詩のそれに照応する。とりわけ5のテクストは、ハーフィズのガザルの核心となる部分として、一見したところゲーテの詩における火蛾の形象と緊密に対応しているかにみえる。しかし注意すべきは、このハーフィズの蛾は実際のところは蠟燭の焔の中に飛び込むわけではないということである。そうではなく、ハーフィズの詩におけるこの蛾の形象は、それと重ね合わされているもうひとつの詩的主体としての「おまえ」が「愛の悲傷」から救われるための、もしくはその悲傷を癒すための方策を、「おまえ」に暗示する比喩形象となっているにすぎないのである。つまりその比喩的イメージが、シェーダーのパラフレーズにおける表現、すなわち「あの火蛾のごとく」「あの火蛾のように」として、そのありうべき姿が詩的主体としての「おまえ」に要請されているにとどまっているのである。とすればゲーテによって一見したところ無視されてしまっているかにみえるハーフィズのテクストの2と7の詩節／対句が、いま述べたような5のパートの内容に一致しているものといえる。つまりこの2と7

のテクストはその詩的主体を「蛾」から「おまえ」へと変更させながら、その「おまえ」に対してのかくあれかしという要請が一種の格言のように機能しているテクストにほかならないのである。それではこの「蛾」と二重写しになっている詩的主体としての「おまえ」とはいったい誰なのか？それはほかならぬスーフィー的主体としての「おまえ」である。

ハーフィズについては、彼を純粋なイスラーム神秘主義の詩人とはいえないまでも、少なくとも神秘主義的傾向の顕著な抒情詩人とみなすことはできるというのが定説のようであるし、この点についてハーフィズ自身もみずからのガザルの特性を以下のような対句で表現している。

　ハーフィズの詩はすべて神秘的知識《マーリファァ》の抒情詩《ガザル》の粋
　彼の魅力ある魂と言葉の優美さに讃えあれ[22]

黒柳恒男によれば、神秘的知識マーリファァとは、書巻から学ぶ思弁的、間接的な知識ではなく、神との合一によって得られる神からの直接的、感情的霊知のこと。そしてハーフィズはイスラーム神秘主義すなわちスーフィズムのいう絶対的融一に深く浸っていたので、そのガザルにおいても、いかなる主題であれこの高邁な意図を示す一つの対句もしくはそれ以上の対句をそこに詠み込んでいるのである。[23]

ゲーテの「至福の憧れ」の元歌となったこのガザルもその例外ではない。ハンマー訳の2の詩節では、「悲惨の沙漠」あるいは「魂の奥処なる聖地」、そしてシェーダーのパラフレーズではより明瞭に「自我消融《ファナー》の沙漠」「魂の奥処なる聖地」とされている表現こそスーフィズムの奥義とのはるかなつながりを示唆するものであろう。つとにブールダッハが指摘していたように、それが「徹頭徹尾」スーフィズムにもとづくものであるか否かはしばらく措くとしても。

スーフィズムあるいはイスラーム神秘主義のプラクシスとは、真の絶対的融一の達成によって個人の魂の救済をめざす修行であるとすれば、この絶対的融一は自我消融に向けての自己転換あるいはメタモルフォーゼをはかる意識のありようにほかならない。自我消融とは井筒俊彦によれば、アラビア語で消滅とか消失を指し、「われあり」という意識が消え去り無へと帰してしまうような境地、あるいは主観、客観の双方を呑み込んだ存在の無我の境地を指している。さらにこのような意識のありようは「千々に離れ散る心の動きを瞑想的に一本に収斂し、一点に集中していって、ついには形而上的一者の無（分節）のなかに自らを無化しつつ融消させてしまう」こととして説明される。[24]

したがってハンマー訳の7の詩節／対句にみられる「愛の錬金術士」「錬金薬液エリクシール」といった表現もこの神秘主義とのつながりのうちで理解できる。というのもスーフィーたちが究極的にめざすところは「一種の精神的錬金術」[25]（A・シンメル）にほかならないからである。いまだ肉体と不可分の状態にある意識の感覚的領域としての低次の魂（ナフス　アンマーラ）、つまり欲情と情念の場としての魂という「卑金属」を錬金溶液が溶かし入れられた坩堝の中で、しだいしだいに浄化しつつ変質させながら純然たる金を現出させることにより、魂を静かな安らぎと沈黙の境地へともたらす秘術としての錬金術である。

ハーフィズの詩におけるそれぞれ2、5、7の詩節／対句において表現されているのは、低次の魂を、より高次の、すなわち超越的事態をじかに感じ取る境位としての〈ナフス　ムトマインナ〉という神的次元への閾へと導かれていくスーフィズム修行者のありうべき理想的な境地である。そしてこのようなスーフィーのありようこそが、あの火蛾の形象に置きかえられて「あの火蛾のように」とか「あの火蛾のごとく」として表現されているのである。しかしながらここで注意すべきこととして以下の点が挙げられる。すなわちハーフィズの詩におけるこのような火蛾の形象も、いまだその火蛾になりえていない、いわばただの蛾に対して、ありうべき理想としてあるいは理念として掲げられた比喩的形象もしくはエンブレム（寓意画像）にとどまっているにすぎないということである。

しかもこの5に続く6の詩節／対句においては、ハンマー訳においても、シェーダーのパラフレーズにおいても、この比喩的寓意画的な火蛾の形象それ自体は現実へと引き戻され、たちまちのうちに変容させられてしまう。つまりこの詩的形象を、現実のなかで無残にも破損し、ただの一匹の蛾のイメージへと失墜させてしまう、そのような変容がなされているのである。ハーフィズの6のテクストに登場するのは一言でいえば、現実においてはあの火蛾になりそこねている哀れな蛾のイメージである。はたはたと舞う蛾のそのうつり気な心にも蠟燭の焔は魅惑的に映り、したがってそこから離れられないままでいる。しかし結局のところは、ただその焔を欲情的なまなざしでもって眺めやり、そのぬくもりに浸っていることにあまんじて、その焔の周囲をいくたびも旋回するにとどまるだけの蛾にすぎない。一心不乱に焔の中に身をもって飛び込む火蛾のありようなど、この哀れな蛾にとっては論外のこと。このようにハーフィズのテクストにおいては、蛾の形象は分裂し、その主題的一貫性を欠いているのである。

ペルシアの抒情詩を特徴づける各対句どうしの主題の一貫性の欠落がここにもみられるといわれればそのとおりである。現実において火蛾になりそこねた、ただの蛾のイメージが逆に作用して、その理想的＝理念的な火蛾の形象をより輝かしいものに強化する、ということでもなく、かといって火蛾のもつその理想的なあらまほしき形象が現実世界におけるただの蛾のその哀れなありようをことさらに強調しているというのでもない。この現実の蛾の形象と、理想的＝理念的な蛾のそれとは、ハーフィズのテクストにおいてはむしろそれぞれたがいに緊密な関係と連関を欠いたまま並置されているにすぎない。ゲーテがペルシア抒情詩の対句の特性についてそれを「ごたまぜ」Quodlibetとして的確に表現したのも、このような並置のありようであった。そのゲーテの「至福の憧れ」において、ブールダッハの言葉を借りて「徹頭徹尾スーフィズム」とでも呼びたい詩的形象の充溢した輝きを身に帯びているかのようなあの火蛾。そのイメージの拠り所となったのは、はたしてそれまでそういわれてきたように、ハーフィズ作に擬せられるこのテクストなのであろうか？という問いかけがここで発生するのも無理からぬことではあるまいか。「ましぐらに呪《まじ》のちからに惹かれて……光にこがれ……焼き滅ぼされる」あのゲーテの火蛾の形象のもつ詩的強度に拮抗するような、まさにその意味において「至福の憧れ」という詩が真によみがえらせるべき元歌となるにふさわしい、ありうべき徹頭徹尾スーフィズム的なテクスト。それをハーフィズのこの詩とは別のところに求めることはできないのであろうか？

5　火蛾への変容Ⅱ　ハッラージュ

ハーヴァード大学において一九六七年からほぼ四半世紀にわたりインド・イスラーム学の研

究、教育にたずさわり、そのかたわらアラビア、ペルシア、トルコなどオリエント諸語のテクストの美しくすぐれた翻訳をのこしたアンネマリー・シンメル（Annemarie Schimmel 1922～2003）は、先に挙げたシェーダーの古典的論文をも踏まえた上で、そのいくつかの著作のなかでゲーテの詩「至福の憧れ」の起源を、初期スーフィズムの最も傑出した指導者であり殉教者であったハッラージュもしくはハッラージのあるテクストにもとめている。ハッラージュ、正しくはフサイン・イブン・マンスール・ハッラージュ（al-Ḥusayn ibn Manṣūr al-Ḥallāj 857/59～922）の主要作品とされる、アラビア語による韻を踏んだ特異な散文詩『キターブ・タワースィーン』（Kitāb al-ṭawāsīn）の中のある一節において、火蛾と蠟燭についての「寓話」がはじめて語られ、その後数世紀にわたって、ペルシア抒情詩においてひときわ愛された詩的イメージを形成し、やがていくつかの翻訳を通してヨーロッパにもたらされ、ついにはゲーテの「至福の憧れ」のインスピレーションの源となったというのである。[26]

ここでまずハッラージュについて、その生涯を簡単にたどっておくことにしよう。

ハッラージュはそもそもその名が「綿梳き職人」のことをさしていることからもわかるように、綿花栽培の盛んであったイラン南西部の生まれである。しかし彼はその生涯の大半をイラクで過ごし、バクダードで何人かの師、とりわけ初期スーフィズムの大家であったジュナイド（?～九一〇）の指導の下で修業を重ねる。ジュナイドの教えによれば、スーフィズムとは「自己に死に切って神に生きることであり、人は修道によって自我を殺し、自己の一切を放下して幽邃な「一者」の大洋の底深く沈潜し、聖なる「愛」に導かれて新しいいのちに「生まれ変わら」ねばならぬ[27]」（井筒俊彦）ものであった。シンメルはハッラージュとその師ジュナイドにまつわる次のようなエピソードを紹介している。あるときハッラージュが師の家の扉をたたき、誰何されたとき「われこそは神＝絶対者、アナー・アル＝ハック」と答えたことがあったが、ジュナイドはこのような大それた言葉を吐くおのが弟子を呪詛した、というのである。神への人間の究極的溶融を証するこの言葉がもとで、後年ハッラージュはその悲劇的な死をみずから招来することとなる。西暦九〇〇年を過ぎた直後、ハッラージュは二度目のメッカ巡礼を行い、その後インド、トルキスタン、中国の辺境に赴き、各地でスーフィズムの精神を説いて回る。やがてバグダードにもどり、その地に居を構えて人々を教導した。しかしその「われこそは神なり」の教えが、神と人間とを混同することによる一種の汎神論に堕すものとしてイスラームの正統的法学者たちによって指弾され、また政治家たちからはハッラージュが人心を惑わす先導者とみなされ、さらにスーフィーたちからも神的な秘密を、それを受容し理解する能力のない「衆人」にみだりに告げるその軽挙をとがめる声が上がった。やがて法学者や政治家たちによる画策が功を奏して、彼に死刑判決が下され、八年におよぶ投獄生活ののち九二二年三月バクダードにおいて絞首刑となり、手と舌が切断されたあと焼かれ、その遺骸はチグリス河に捨てられた。通常は火刑を認めないイスラーム世界においては異例のことであったという。ハッラージュの詩から数世紀を経て彼の教えに触発されてみずからもスーフィーとなった神秘主義詩人アッタールは、何人かの聖人とならんで、このハッラージュについての伝記を著すが、その最終場面を次のような記述でしめくくっている。


伝えられるところによると、そうした中で、一人の托鉢僧が彼に尋ねたという。

「愛とは何であるか」

ハッラージは答えた。

「今日、そして、明日、明後日と目にすることとなろう」

彼は、その日殺され、翌日焼かれ、その次の日、風にゆだねられた。―つまりは、これこそが愛というものだ[29]。


ハッラージュの言行を理解することは現在においてもきわめて難しいこととされている。ただ西欧イスラーム学の一つの頂点とされるルイ・マシニョン（Louis Massignon 1883～1962）の畢生の大著[30]により、その全体像が明らかにされつつあることはシンメルや井筒俊彦の指摘するとおりである。もとより専門外の筆者としては、これ以上ハッラージュに深く立ち入ることは慎まなければならない。

ここでハッラージュの『タワースィーン』の一節に目を転じてみることにしたい。晩年のシンメルがゲーテの「至福の憧れ」の「起源」Ursprungとみなしたテクストである。以下に掲げるテクストは、シェーダーとシンメルによるドイツ語訳、そしてマシニョンのハッラージュ伝において示されているフランス語訳をもとに筆者がパラフレーズしたものであることをあらかじめお断りしておく。[31] ただいうまでもなく以下のハッラージュのテクストが直接ゲーテの目に触れていたとは考えられない。その意味においては、ゲーテの「至福の憧れ」とこの『タワースィーン』の一節とのつながりを、あのハンマー訳ハーフィズの詩との関係と同列に論ずることはできないのかもしれない。両者はいわば、よりアナロジカルな関係に立っているのである。しかしながら鋭敏な言語感覚を併せ持った二人のすぐれた東洋学者シェーダーとシンメルがそれぞれの立場から、ゲーテの「至福の憧れ」が「ひそかに」geheimnissvoll応答しているのは、むしろこのハッラージュの『タワースィーン』の中のこの一節に対してである、と結論づけたり、ゲーテの詩の起源はこの一節にあり、と確信しているとすれば、われわれはそれに呼応して九世紀を隔てているこれら二つのテクストのつながりをどのように理解すればよいのだろうか？文献的根拠のないただの印象批評のたぐいにもとづく憶説としてこれを顧みる必要などないのであろうか？このような問いかけを前提としつつ次にハッラージュのテクストそれ自体に考察の目を向けていくことにしよう。

被造物のもつ知的作用は現実には密着していない。そして現実は被造物に密着していない。思考とはこの密着のことであり、被造物による密着は現実をとらえはしない。被造物が「現実についての知」というものを獲得すること、それ自体すでに困難なことであり、ましてや「現実の現実」をとらえることなどさらに困難なことである。そして真理というものは現実をこえたさらにその先にあるものなのである。なぜなら現実はなんら真理を含むものではないのだから。

蛾は夜通し蠟燭の光のまわりを飛び回っている。そして夜が明け初める頃、蛾は自分の仲間たちのいる方角へともどっていく。彼らに自分がその夜いかに幸せな思いをしたかについて可能なかぎりの甘美な言葉でもって報告するためである。それがすむとやがて蛾は蠟燭の焔を慕って、それと親しく打ち解けて、それがもたらしてくれる恩恵に与らんとてふたたび飛び立っていく。今度こそ完全なよろこびに到達するのだという欲望に駆られて。

蠟燭の光、それは「現実についての知」である。蠟燭のぬくもり、それは「現実の現実」

である。燃えている蠟燭の焔の中へと行きつくこと、それは「現実の真理」である。

蛾は、蠟燭の光にもそのぬくもりにも満足していない。蛾はまるごとその身でもって、蠟燭の焔のただなかに飛び込む。そのあいだ、彼の仲間たちは彼が帰ってくるのを待ち設けて、今度もまた彼が自分たちに、彼が実際その目でとらえたことを語り聞かせてくれるであろうことを期待している。当の蛾はというと、もはやそのような報告などに満足を見いだしてはいないというのに。そしてまさにいま、彼は蠟燭の焔に焼き亡ぼされ、小さな姿に成り果て、焔とともに気化され、その痕跡も、その身体も何もあとに残さない。その名前も、それとわかるしるしもない。それに自分の仲間たちのもとに戻ってくることがあるとして、彼はいかなる目的で彼らのもとに帰ってくるというのだろうか？そしてどのような状態で戻ってくるというのであろうか？究極の目標に到達し火蛾となったいまになって。みずから真理を目睹したものにとって仲間への報告などもはや不要のこと。真理のただなかに飛び込んでそれと一体となった者にとって目睹はもはや不要のこと。

まず蛾は蠟燭の焔に近づく。そして焔のまわりをゆっくりと何度か旋回しながら、身に危険の及ぶことのない適度な距離を保ったまま焔の表裏の諸相をまのあたりにしてそれについての知識を得る。ついで蠟燭の焔に招かれるようにして、それとの距離を次第に狭めていって、焔がもたらしてくれる心地よい明かりとぬくもりとを体験享受する。とはいえ焔の明かりにもそのぬくもりにも蛾はけっして満足しているわけではない。というのも蛾が究極的に求めている「真理」は光と温かさという現実体験を超えた、その先に存在するからである。蠟燭の明かりもそのぬくもりも、それ自体はなんら真理を含むものではない。そしてついに蛾は蠟燭の焔の中に飛び込む。あたかも一点のその焔が「現実を超えたさらにその先にある」真理へと到達するための入り口であるかのように。あるいは「焔の光のさきに、この世界の《出口》[32]（古泉迦十）があるかのように。あるいはまた燃える焔の中に「より高き灯りの反照[33]」を認めることができたかのように。しかしほどなくして蛾はその身を焔によって完全に焼き亡ぼされる。そしてこのとき蛾は焔と一体になる。たった一度きり、反復の許されることのない敢行によって、このとき蛾は「火蛾」となる。やがて灰となったその残滓には、いまは火蛾になりおおせたその存在の、かつてのアイデンティティーをしのばせるいかなる痕跡もしるしも見いだすことはできない、その胴体はもとよりその目も舌も口も。焔の中に身を投じて究極の真理を目の当りにしたのであろう火蛾にとって、かつての仲間たち—火蛾になりそこねた、あるいはいまだ火蛾になりおおせていないただの蛾たち—に「真理」について口舌巧みに報告することなどおよそ不要のこと。またひとたび真理の焔と一体となり、火蛾になりおおせたいま、真理を目睹したその目も不要。―ハッラージュのテクストについてのなくもがなのパラフレーズを試みればおよそ以上のようになるのであろうか。

6 〈寓話〉のその後

ハッラージュのこの〈火蛾の寓話〉についてのきわめて精緻な注解もしくはメタテクストとして読むことができると思われるテクストをここで紹介しておこう。スーフィズムの思想家ガザーリーの愛の神秘主義にもとづく『直観』という書物の一節。アフマド・ガザーリー（?～一一二六）は、イスラーム主流スンナ派の有名な宗教思想家アブー・ハーミド・ガザーリーの弟で、ハッラージュの思想を継承しつつ、神＝絶対者の本質を「愛」とみなし、世界をその神の愛の発現とする形而上学を構想した。上に挙げた書物はアフォリズムもしくはラプソディー風のテクストからなる神＝絶対者の「紛うかたなき愛の規範の書」[34]（コルバン）である。シェーダーとならぶ東洋学者ヘルムート・リッター（Hellmut Ritter 1892～1971）が一九四二年にイスタンブールで編纂刊行したアフマド・ガザーリーのペルシア語原文によるテクストを、

G・ヴェントが「愛についての思想」という表題でドイツ語に翻訳したものにもとづいて、この書物の第三九章の一部を以下に訳出する。なおドイツ語の訳者ヴェントはシンメルのもとで研鑽を積んだ人である。

……蠟燭の焔を恋い慕うものとなった蛾はしばらくのあいだ、その焔のかがやきへの思いによって身を養う。輝く焔の遣わすさきがけはその蛾を賓客として迎え、焔のなかに招じ入れようとする。みずから懸命にその翼を動かすことによって蛾はおのが願いの充満する空気をぬって愛の飛翔を敢行する。その翼でもって蛾が蠟燭の焔のもとに到達するのは当初からの定めとなっていたのである。蛾が蠟燭の焔に到達しようとするとき、蛾からその飛行の運動が奪われる。蠟燭の焔のほうに、その運動が引き渡されたのだ。遠く近く距離をおいていた時がそうであったように、焔が蛾にとっての養分である、というのではなしに、いまやこのときむしろ蛾こそが焔の養分となっている。ここに大いなる神秘がある。一瞬のあいだ蛾は、みずから自身の愛の対象となる。なぜなら彼はいま焔それ自身となってしまっているのだから。このことこそ愛の完成なのであり、蠟燭の焔をめざしての飛行も、その周りを旋回することもたとえそれらがどれほど長く続こうとも、まさにこの一瞬のためのものだったのである。このことこそわれわれが真の融一と呼ぶことなのである。

焔の裁量により、しばしのあいだ蛾は焔の中での客としての自由なふるまいが許される。しかしすぐに蠟燭の焔は蛾を灰にして、そこから放逐してしまうのである。……[35]

このガザーリーのテクストにおいてまず特徴的なのは、蛾が蠟燭の焔の中へと飛び込むまでのプロセスが比較的詳細に記されている、ということである。それに比べて、蛾が火蛾になりおおせて亡骸となってしまった後の哀れを誘うそのありようについては、蛾を灰にして焔の中から放逐する、とだけきわめてそっけなく述べるにとどまっている。しかしここでとりわけ注目に値するのは、「蛾が蠟燭の焔に到達しようとするとき、蛾からその飛行の運動が奪われる。蠟燭の焔の方に、その運動が引き渡されたのだ」という一節である。アンリ・コルバンの『イスラーム哲学史』において示されているフランス語訳では、蛾が蠟燭の焔の近くに達すると、蛾自身が焔に向かって進んでいく、というのではなしに、もっと直截にむしろ焔の方が蛾の体の中に突き進んでくるようなニュアンスでもって表現されている。[36] もとよりハッラージュのテクストからはこのようなことまで読みとることはできない。すなわち蛾と焔、つまり愛するものと愛されるものとがたがいに運動をかわす、もしくは交換することによってともに変質するという相互消融的な合一まではは示されていない。そこではひたすら蛾のほうが一方的に焔に向かってまっしぐらに突進し、そこで燃えつきるという趣なのだ。つまりガザーリーにとっては、焔の中に飛び込んだあとの蛾の体のありようよりは、むしろそれ以前の、蛾と焔とのあいだでかわされるたがいの「かけひき」めいたもののほうがより重要だったのである。このような愛のかけひきの機微こそが、上に引用したテクストを含むこのガザーリーの著書全体をつらぬいている、きわめてデリケートな愛の心理学にもとづくものである。この点についてコルバンは、編纂者リッターの言葉として「このような強烈な密度でもって心理分析がなされている著作をほかに見いだすことは難しい[37]」と言い添えている。そしてここで重要なことは、このようにガザーリーによって示された〈愛の心理学〉にもとづく相互の直線的な飛翔運動の交換というモチーフが、後に述べるように、ゲーテの詩「至福の憧れ」の解釈にとっても重要な示唆をもたらしてくれるということである。

これと関連して、つまりハッラージュの火蛾の〈寓話〉についてのコメンタールもしくはメタテクストとして読むことのできると思われるさらにもうひとつのテクストを引用しておこう。それは先にその一節を掲げたハッラージュの伝記が含まれる『イスラーム神秘主義聖者列伝』の著者アッタールによる叙事詩体のペルシア詩の代表作『鳥の言葉（マンティク・ッタイル）』の一節である。

アッタール、正しくはファリードゥッディーン・アッタール（一一四五？～一二二一？）は、イラン東北部の当時イスラーム文化の一大中心地であったニーシャブールで生まれ、この地を含むホラーサーン文化を代表する神秘主義的詩人。古典定型詩の形式を重視する宮廷詩人の作品とは異なる独自の詩境を打ち立てたが、その生涯はいまだ謎に満ちているといわれている。以下にその一部を引用する『鳥の言葉』の創作年代は不明であるが、おそらくは一一七七年頃もしくは一一八八年頃と推測されているので、あのアフマド・ガザーリーのテクストよりは少し後のものであろうか。なおこの作品において、神秘主義思想の導師として、さまざまな弟子の鳥たちにその教えを伝える中心的役割を果たす大きな冠をもった鳥ヤツガシラは、『西東詩集』の中の「愛の書」においてもその啼き声を擬した「フトフト」Hudhud という愛称でもって恋の使者として登場する。

……

ある夜、蛾たちが集まって来た
蠟燭を捜し求めようとやって来た
彼らすべてが言った、「求めるものについて
少しの情報でももたらす者が必要だ」
一匹の蛾が遠くの宮殿まで飛んで
その宮殿で蠟燭の明かりを見た

その蛾は戻って己れの手帳を開き
理解の程度に応じてそれを描写し始めた
集まりの中で偉《すぐ》れていた指導者（蛾）が
彼（報告した蛾）は蠟燭について知識がないと言った
他の蛾が出かけて、明かりのそばを通り
遠くから己れを蠟燭にぶつけた
彼は羽ばたきながら求めるもの（蠟燭）の明かり（火）の中に入った
蠟燭が勝者となり、彼は敗者となった
それでも彼は戻って秘密を少し語り
蠟燭と結ばれたことについて説明した
指導者の蛾が彼に言った、「親愛な者よ、その証《あかし》がない
そなたにそのようなことをしたどんな証があるのか」
他の蛾が立ち上がり、非常に恍惚《こうこつ》となって
踊りながら蠟燭の火の上にとまった
両足で火をつかんだ彼は
喜びながら火と一体になって消え去った

火が彼の頭から足までをとらえた時
彼の四肢は火のように真っ赤になった
蛾たちの指導者は遠くから彼を見て
蠟燭が彼を明かり（火）で己れと同じ色にした時に
言った、「この蛾だけが目的を果たした
ほかにだれが分かろう、彼だけが知っている」
消息が絶えて、跡も残さなかった者こそ
すべての者の中で消息に通じている
そなたが体と魂を忘れてしまわない限り
どうして恋人（神）の消息を得ることができよう[38]
……

先に挙げたH・リッターはアッタール研究の金字塔とされる大著『精神の大海―アッタールの物語における人間、世界、神―』（一九五五）において、いま引用したテクストの直接的典拠を先に掲げたハッラージュの『タワースィーン』の一節にもとめている。[39] この点については『イスラームの神秘主義的次元』（一九七五）におけるシンメルと同様である。[40]

しかしながらハッラージュのテクストでは一匹の蛾が蠟燭の焔に対して、その存在に気づき、次に焔に近づいて、その明るさとぬくもりを感知し、ついには焔の中に飛び込んで「火蛾」へと変成していくさまが記されているのに対して、このアッタールの叙事詩においては、三匹の蛾が焔への接近を順次敢行し、高みの見物を決めこんでいるかのごとき蛾の頭領から、それぞれの敢行の結果についての判定を受ける、というような設定に変わっている。

はじめの蛾と二番目の蛾はそれぞれのやり方で焔へのアプローチを試みるものの、しかるのち無事に仲間のもとに帰還しては、そこで得た蠟燭についての情報と秘密とを伝える。しかし三番目の蛾だけは「喜びながら火と一体になって消え去」り二度と戻ってはこない。このように「火蛾」になりおおせた一匹の蛾と、そうはなりえなかった残りの二匹のただの蛾とが対比され、いささかのユーモアを漂わせつつ、しかし「火蛾」の悲劇的な最期がハッラージュとは異なる筆法で描かれているのである。

蠟燭の焔によって焼き亡ぼされた「火蛾」について、ハッラージュが「小さな姿に成り果て、焔とともに気化され、その痕跡も、その身体も何もあとに残さない。その名前も、それとわかるしるしもない」と事細かに描写している部分、これについてガザーリーは先にみたように、蛾は灰となって焔の中から放逐される、とのみ素っ気なく表現していた。それに対してアッタールはハッラージュの記述をさらに敷衍するかのように以下のように記していることに注意すべきである。すなわちあの火蛾のように「消息が絶えて、跡も残さなかった者こそ／すべての者の中で消息に通じている」のであると。ここにおいて、あのハッラージュの〈寓話〉の中での火蛾に対しての、アッタールのオマージュがもっとも凝縮したかたちで表明されているのをわれわれは読み取ることができるのである。そしてこのことは六世紀半を隔ててさらにゲーテの「至福の憧れ」におけるあの「死して成れ！」という一句の理解についても大きな示唆を投げかけてくれているように思われてならない。

最後に、ハッラージュの火蛾のテクストについての、おそらくはもっとも新しいパラフレーズを挙げておかなくてはならない。ほかでもない古泉迦十（一九七五〜）の『火蛾』の中のある一節である。

時代は十二世紀頃、詩人であり作家でもあるファリードは、かねてより諸地を遍歴し、イスラーム神秘主義の聖者たちについての伝承や逸話を蒐集し、ペルシア語による伝記編纂を志している。その時の取材相手としてアリーという名の青年と出会うことからこの小説は始まる。このようにしてインフォーマントとしてのこの青年によって語られる、彼と同名のあるひとりの修行者を主人公とした「物語」が聞き役のファリードによってつづられるのである。

「物語」の主人公アリーとその導師ハラカーニーとの神学的対話のさなか、その場に掌ほどの大きさの一匹の蛾がどこからかさ迷い飛んできてその対話をいったん中断させる。この部分に注目してみよう。なおハラカーニーは一〇三四年に没した実在の人物。ハッラージュとならぶ初期スーフィズムの偉大な指導者だったバーヤジード・バスターミー（?～八七四/八七七）の精神に共鳴しつつも、いずれの師にもつかずに独力で神秘道へと導かれた敬虔なスーフィーで、自身もその時代の偉大な師のひとりとなった。

どこからさまよい入ったか、掌ほどの、蛾が、
目の前の暗黒を、弱弱しくはばたき、
はばたいた、そのさきには、
蠟燭の、火が、
火が、

蛾は、
掌ほどの、蛾は、
その火に誘われるように、導かれ、
火は、蛾を呑みこむように、のびあがって、
蛾は、その身を、翅を、焦がし、炎に灼いた。

「蛾は──」

沈黙を破る導師の声に、アリーは我にかえった。

「──蛾は、夜に燈火をみると、燈火を暗黒世界から光明世界への出口と考え、光を慕って、己の軀を火中に投じる」

炎に灼かれた蛾は、身をもだえるように、その翅をはためかせている。

「しかし火を飛びこえ、ふたたび暗黒を目にして、蛾は気づく。──ああ、我は出口に正しく至れなかったのだ、と──」

蛾の小さな身体にさえぎられた炎は、穹廬の暗黒のなかで明滅する。

「蛾はふたたび、出口を求めて火中に身を投じる。再度炎を出て、炎に入って、また出ては、入る。それをくりかえすうちに、蛾はついに、その軀を灼き尽くす──」

炎の中でなにかが爆《は》ぜる。それは鱗粉のようであった。

「魯かなり――」

ハラカーニーの影が揺らぐ。

「――と、嗤えようか。火蛾の無知を、人は嗤えようか――」

鱗粉は、火の粉となって、暗闇を舞った。

「嗤えまい」

蛾を灼く炎が、烈しく明滅する。

「――偶像を崇《あが》め、虚言を戴き、それに惑溺《わくでき》したまま、真理を知ることなく、無間《むげん》の業火に身を灼く者に、蛾を嗤えまい。ああ、――せめて人に救いを。蛾でさえ、その身を灼かれ、朽ちて、死にはてて、刹那にその業苦から救われるものを」[41]

このあと古泉は、ハッラージュの『タワースィーン』の中の先に引いたテクストの締めくくりの一節についてアリーの口から次のように語らせる。

いったん神に到達した者にとって、伝言も目睹も、目も口も耳も軀も、もはや不要。――ハッラージはたしかに、そういっている。

あとは、融ければいい。――

ハッラージ自身、燃えたではないか。――[42]

しかしハッラージュについては、この場面に先立って、古泉はすでにアリーの師ハラカーニーから以下のような言葉を導き出していた。

「ハッラージにおける最高の恩寵は、その軀を灼《や》かれたことだ。……おまえにハッラージの愉悦《ゆえつ》が解るまい。舌を裁りとられたときの快感、首を刎ねられたときの悦楽。――ついに彼は火に投じられ、その身を灼き、灰となったのだ。解るまい、解るまい。その至上の境地《ハール》」[43]

この「至上の境地」に到達したものこそ、ほかならぬアリーとハラカーニーの対話の場面には

ばたき入って来たこの「掌ほどの、蛾」である。そしてそれはまた古泉のこの書の表紙に小さな金文字で

BIST DU SCHMETTERLING
V E R B R A N N T

と「至福の憧れ」で讃えられた「焔の死にあこがれる／生けるもの」としての蛾でもあるのだ。

ここまできてやっとゲーテの詩「至福の憧れ」それ自体に立ち戻ることができそうである。そのためにこそ、われわれは「至福の憧れ」における蛾の形象の原型を、この詩の元歌と一般にみなされているようなハンマー訳ハーフィズ詩集の中にあるガザルに歌われているそれではなく、むしろおそらくはゲーテの目に直接ふれることのなかったハッラージュのテクストにみられる「火蛾」に求めながら、そのひそかなイメージの系譜をたどってきたのである。

II

Selige Sehnsucht.

Sagt es niemand, nur den Weisen,
Weil die Menge gleich verhöhnet,
Das Lebend'ge will ich preisen
Das nach Flammentod sich sehnet.

In der Liebesnächte Kühlung,
Die dich zeugte, wo du zeugtest,
Ueberfällt dich fremde Fühlung
Wenn die stille Kerze leuchtet.

Nicht mehr bleibest du umfangen
In der Finsternifs Beschattung,
Und dich reifset neu Verlangen
Auf zu höherer Begattung.

至福の憧れ

だれにも告げるな、賢い人らをおいて、
衆人はただちに嘲《あざ》むるのだから、
焔の死にあこがれる
生けるものをこそわたしは称《たた》えよう。

おまえを生み、おまえが生むことをした
愛の夜々は冷えわたり、
しずかな燭がかがやくとき、
みしらぬ感動はおまえをおそう。

もはやおまえはくらやみの
翳りにとらわれた身ではない、
あらたな欲望はおまえを攫《さら》う、
より高いまぐわいへ。

Keine Ferne macht dich schwierig,
Kommst geflogen und gebannt,
Und zuletzt, des Lichts begierig,
Bist du Schmetterling verbrannt.

Und so lang du das nicht hast,
Dieses: Stirb und werde!
Bist du nur ein trüber Gast
Auf der dunklen Erde.

遠さは何の支障でもない、
おまえはましぐらに呪《まじ》のちからに惹かれて翔ぶ、
そして窮竟、光にこがれ
蛾よ、おまえは焼きほろぼされる。

この、死して成れ！　このことを、
ついに会得せぬかぎり、
おまえは暗い地の上の
暗く悲しい孤客にすぎぬ[1]。

＊　この詩の韻律構成の基本的な枠組みについて一言。それぞれの詩節の四つの詩行は四つの揚格をもつトローヘウス（強弱格）で詩行末尾が弱格で終わる女性交叉韻（abab）となっている。ただし当初ブールダッハらによって、あとからの付け足しの詩節とみなされていた——今日では否定されている——最終詩節だけは、男性四揚格と女性三揚格とが交差している。その韻律構成に関しては、たとえばこれよりおよそ一世代後のE・A・ポーの有名な詩論「構成の原理」（一八四六）で展開されているような、厳密に計算し尽く

されたあげくの準則のようなものを根拠として、ことさらそれをあげつらうようなことは、ボードレールの『悪の華』ならばいざ知らず、むしろ虚しい後知恵に類することなのかもしれない。本書において無視しえないのはただ次の一点である。すなわち、第二詩節の二行目と四行目の末尾の語において、いわゆる半韻（不完全韻）となっていること。この点についての詳細は後段で述べることにする。

0　表題　至福の憧れ

「至福の憧れ」が一八一四年七月三十一日にヴィースバーデンで完成したときのもともとのタイトルは、《Buch Sad. Gasele 1》となっていた。（口絵1.参照）これは明らかにゲーテがハーフィズのあるガザルをみずからの元歌として意識し、「至福の憧れ」がこの元歌への返しとして構想されていることを示している。ゲーテが手にしたハンマー訳『ハーフィズ詩集』（一八一二／一八一三）の本編はおよそ五七〇篇のガザルが大小二五あまりの章に分けられて配列されており、その各章にはペルシア語のアルファベット文字の表題がつけられている。そして

Sadという文字の名をもつ章には二篇の詩が配されており、ゲーテの元歌となったガザルはその一番目のものであることが意味されているのである。

その後このゲーテの詩の表題は「完成」Vollendung、さらには「自己犠牲」Selbstopferという変遷を経て最終的に「至福の憧れ」Selige Sehnsuchtとなった。

まず「至福の」seligという形容詞についていえば、ゲーテも使用していた、当時の代表的な辞書であるアーデルングの『文法的・批判的辞書』(全五巻、ライプツィヒ　一七七四～一七八六)[2]を参照すればわかるように、今日における世俗化された用法とそれを比べてみたとき、宗教的な意味合いがはるかに濃厚であった。たとえばそれは地上の生を終えたあとに天上であずかる至福であり、あるいは天上においてであれ地上においてであれ、神を目の当りにしつつ神との合一を意識し体験する状態を意味するものであった。したがって現在においてよくみられる用法、すなわち日常生活において、この上ない幸福感に浸っている状態や、場合によっては口語的に「酩酊気分の」という状態を表す用法を考えてみてもその差異は歴然としている。

とはいえ、いうまでもなく『西東詩集』におけるこのseligの用法は多種多様である。たとえば「観察の書」の中の「フェルドゥジ　語る」という詩の一節では、乞食が温かい太陽の光を享受するときのよろこびのその「勝手気ままな」気分を指すのにこのseligという語が用いられている。[3]これなど現在の世俗化した語法にごく近いものといえるであろう。しかしいま問題としている詩のタイトルにおける「至福」のありようは、上記のアーデルングの辞書に記載された宗教的もしくは神秘主義的な意味のままにとらえるべきであることはいうまでもない。すなわちこの「至福」の状態は、地上における「死」を前提とするものである。もちろんこの地上的な死はたんに身体的、生物学的な死を意味するだけではない。身体は地上にとどめたまの精神的もしくは宗教的、エロス的な死をも意味している。そしてみずからに至福をもたらしてくれるそのような「死」への憧憬はそのままこの詩全体のテーマへとつながることが示されているのである。

すでに一七七三年、つまりゲーテがまだ二十四歳のときに書かれた劇詩断片「プロメテウス」においては、「死」と「憧れ」とが結びついて、「生」が一瞬のうちに「死」へと転化するときの、その烈しいまでの生命の燃焼という秘儀がプロメテウスによって次のように語られている。

すべてが充たされる瞬間があるのだよ、われわれが憧れ、夢に見、願い、怖れたすべてが
充たされる瞬間が。
いとしい娘〔パンドラ〕よ、それが死なのだ[4]。

先走りをおそれずに言えば、「至福の憧れ」第一詩節にみられる「焔の死」Flammentod、これこそこのプロメテウスも憧れ夢みかつ恐れた、すべてが充たされる一瞬の死というものが具体的に実現されるときのひとつの形式であるのかもしれない。

1 第一詩節 循環する焔

1～2行目は明らかにホラティウスの「ローマ頌詩」の一節「わたしは卑しい大衆を憎み、彼らを遠ざける」Odi profanum vulgus et arceo. をはるかに響かせてはいるが、[5] ある秘教的奥義に通じた選ばれた者のみによる秘密サークルの排他的特権性という意味がさらにこれに加わる。凡愚の輩たる「衆人」に対しては奥義に通ずるメッセージを秘匿することがもとめられるのである。ゲーテの元歌とされるハーフィズの詩の最終詩節が想起されよう。

おお、ハーフィズよ！凡愚のともがらに
大粒の真珠の価値などわかるものか？

貴重な美玉というのなら
ただそれを弁《わきま》える者にのみ与えるがいい。

そういった秘教的メッセージを受け入れ理解する準備のない人々に対してみだりにそれを説いたとしても、衆人たちはそれを「ただちに嘲《あざ》むる」だけのこと。それどころかかえってそれを説き回り、最高の秘密を公言し白日の下に曝す者は秘匿保持の原則に照らして重罪をおかしたことになり処罰されるであろう。『ファウスト』第一部の冒頭、復活祭前の夜の書斎の場面における、ファウストと彼の助手ヴァーグナーとのあいだで交わされる会話では、この点について、いささか世俗化されてはいるが以下のように表現されている。

ヴァーグナー　ではございますが　この広い世界！　人間の心と精神！
誰しもがその幾分かは　認識したいと望むものでございます。
ファウスト　そう　その認識こそ災いだ！
子供を本当の名前で呼ぶなど愚の骨頂！
少しばかり本当のところを認識したからと言って
不用心にもその心をさらけ出し

愚民どもに自分の感情と洞察を語った奴は
はりつけにされ火あぶりになるのが世の定め。
（586～593行）[6]

ここで「はりつけにされ火あぶりに」された人たちの中でまず念頭に浮かぶのは、いうまでもなくイエスであるが、とりわけ火刑に処された人たちとしては、ヤン・フス（一三六九～一四一五）、ジローラモ・サヴォナローラ（一四五二～一四九八）、ジョルダーノ・ブルーノ（一五四八～一六〇〇）が挙げられる。もちろんこれらの人たちの系列に九二二年三月二十七日にバグダードの刑場で絞首刑となり、その亡骸が焔で炙られたフサイン・イブン・マンスール、すなわちハッラージュを加えなければならない。ハーフィズもそのいくつかのガザルにおいて、この殉教者ハッラージュについて歌っている。

「高い絞首台で果てたかの友
その罪は神の秘密を明かしたこと……」[7]

恋人の美徳を讃えて私がどんな微妙なことを言っても

聞く人はみな答え「語り手によき報いあれ」
恋と遊蕩の学びは初めたやすく見えたが
わが魂は終にその美徳の獲得で燃えつきた
ハッラージは絞首台のうえでこの秘密を楽しく歌った8

ゲーテの詩に戻ろう。原文4行目のFlammentod「焔の死」は、最初の手稿段階では「焔のかがやき」Flammenscheinとなっていた。とすれば、この段階での「焔」は、『西東詩集』においてこの「至福の憧れ」という詩の直前に置かれている詩「汎生命」Allllebenで展開されている、この大地における火、風、水、土、いわゆる四大（エレメント）のもつ宇宙生命的な働きの延長として読むことも可能である。というのもハーフィズの詩では、愛と結びつくものとしてとりわけ重要な土埃をはじめとして雷、雨、大風については、この「汎生命」という作品の中でも歌われているものの、その一方で、火をイメージする要素はそこには見られないからであり、「焔のかがやき」として当初は構想されていたこの言葉によって、相前後する二つの詩にまたがる四大（エレメント）の運動が完全なものとなるわけである。しかし以上のことを鑑みたとしても、最終稿において「焔のかがやき」が「焔の死」へと書き換えられたことの意義は大きいといわねばならない。というのも火、そして焔が死というものと一語で結びつくことにより、『西東詩集』内部での四大＝汎生命をめぐるコンテクストから切り離されて、生と死と再生、あるいは生の更新というより大きな問題領域への広がりを見せているからである。

ゲーテはかつてローマで二度にわたって実際に目の当りにしたカーニヴァルのルポルタージュをイタリアからの帰国後すぐ、一七八九年に『ローマのカーニヴァル』と題して刊行したことがある。民衆文化としての、あるいは対抗文化としてのカーニヴァルという視点から、このゲーテのテクストに注目したのが、ロシア（ソ連）のすぐれた文芸学者ミハイル・バフチーン（一八九五〜一九七五）であった。

その代表作となった『フランソワ・ラブレーの作品と中世・ルネッサンスの民衆文化』（一九六五）の第Ⅲ章「ラブレーの小説における民衆的・祝祭的形式とイメージ」におけるカーニヴァル・テクストを対象とする分析において、バフチーンは新たなゲーテ解釈の可能性を掘り起こしたのである。

このときバフチーンが特に注目するのは、カーニヴァルの最後の夜、すなわち灰の水曜日の前夜、いわゆる懺悔火曜日（マルディ・グラ）の夜を彩る「火の祭り」としてのモッコリ（Moccoli, 燃えさしの蠟燭の意）についてのゲーテの描写である。[9] 蠟燭を手にした群衆が口々に「殺されてしまえ」Sia ammazato と互いに呼びかけながら相手の蠟燭の火を吹き消そうとするお祭り。バフチーンによれば、「殺されてしまえ」という死への威嚇は、まず蠟燭が点火され、次に吹き消され、あるいは燃えつきるや新たに点火されるという動作を伴いつつ、そこではむしろ生と死と復活再生の交替への願望を露わにしているのである。すなわちここで展開されているのは、生―死―再生……というダイナミックなリズムの中に組み込まれている、意味《サンス》＝方向を伴った人間の生命の循環的な流れと交替、そしてそれのもつ中断することなき生の連続性、いわば「生成・成長、未完のメタモルフォーゼ」のプログラムにほかならない。さらにこのような連続しかつ一貫した生―死―再生としてとらえられる生命の流れが端的に表現されているものとしてバフチーンはゲーテの詩「至福の憧れ」に対しても多大な関心を寄せる。そして多くの謎をはらんだ「死して成れ！」という一節を含むこの詩の第五詩節全体を引用して以下のようなコメントを加えるのである。

これは、火の祭りの雰囲気の中で響き渡り、喜び、挨拶、称賛と結び合った、あのカーニバルの《Sia ammazato》と同じものではなかろうか。あのカーニバルにおいても、死の願い―《死ね》(stirb) は、《生きよ》《成れ》《よみがえれ》(werde) と同時に響いていたからからである。[10]

いまここでこのバフチーンの論述の当否を問題にするつもりはない。ただ手稿段階での「焔のかがやき」というありきたりの表現にかかわる「焔の死」という言葉から、たとえばバフチーンを介して導き出される人間の生と死と再生の「未完のメタモルフォーゼ」という考え方が、ゲーテのこの「至福の憧れ」という作品全体の解釈にあたって一つの大きな道筋を示してくれているということをここであらかじめ指摘しておきたいのである。

さてしかしこのような意味の可能性をはらんだ「焔の死」を切に願い、憧れる、そしてそのことによって詩人に称えられる「生けるもの」とはいかなる存在なのであろうか。それはこの詩の第四詩節16行目で初めてその存在が明かされる「蛾」Schmetterling にほかならない。と同時に、それはこの詩を読む者を含む人間全体を象徴する形象でもある。そうした「生けるもの」の憧れの対象となるものが「死」にほかならないというパラドクスを通して、その「生けるもの」にはもしかしたらあのハーフィズのガザルや、ハッラージュの断章に登場した「火蛾」となる可能性もひらけている。そしてこのことだけでも詩人の賞讃の対象となりうるのだ。というのも、「火蛾」とはなりえぬただの蛾、つまり衆人たち、凡愚の輩はおそらく「焔の死」にあこがれることすらしないのだから。

2　第二詩節　肉の悲しみ

6行目「愛の夜々は冷えわたり」について。昼間の暑熱がまるで嘘のように去ったあとの夜々の、しかもさらに暗い葉陰を浸す爽涼というものを十分に意識しながらも、ここではむしろ訳者の生野幸吉が指摘するように、愛し合う者たちを包みこむエロス的な灼熱が次第に冷えていく鎮静の継続的過程としてとらえられねばならない。「冷えわたり」の原文のKühlung、あるいはこれと同義のKühleはゲーテ時代においてはおしなべて、熱のある状態から解放され、ひんやりさわやかになって元気を回復するという意味で用いられていた。この熱のある状態からの解放ということが、よりエロス的に強調されれば、それは「おまえを生み、おまえが生むことをした」生殖行為のエロス的欲求の熱がしだいに醒めていくということなのである。またKühleはKühlteすなわち「涼風」「微風」を意味することもある。

8行目「みしらぬ感動」は手稿の段階では「新たなneu感動」となっていた。ここで感動と訳されているFühlungには、これと同義語のGefühlと同様に「感じること」「感情」となら んで「触れること」「接触」の意味もある。Gefühlが受動的感動を表す語であるとすれば、ここでFühlungが選ばれることにより、すぐれて能動的接触が含意されることにもなる。というのも、Fühlungは動詞fühlenのいわゆる動名詞であるが、動詞の原形に-ungという語尾を付して作られるこの形は能動にも受動にも用いることができるからである。この場合、まずは能動的に接触してくる「みしらぬ」ものの存在が強調されているのである。

生けるものたちがおしなべてその愛の行為の絶頂を迎えたあとに味わう「肉の悲しみ」―Omni animal post coitum triste.（動物はなべて肉の交わりの後は悲しい）―のさなか、それはエロス的灼熱がゆっくりと「冷えわたり」つつある過程でもあろうその時に、それまではただ相手の肉体に触れ、もしくは触れられていた愛の主体の肉体に、その相手にかわって「みしらぬ」ものが触れてくる。何処から闖入してきたのか、―異界からか？―その存在にまずは触れられ、そしてこちらも触れるのである。これまで味わったことのない未知の、奇異なショッキングな体験―これが「みしらぬ感動」の内実、正体なのであろうか？

かつておまえを生んだ親は死に、いま子をなさんとするおまえもほどなくして死ぬ……。「おまえを生み、おまえが生むことをした」生命の流れ。しかし生と死のこの循環的な意味＝方向《サンス》に結びつくことを拒否するきっかけとなるもの、それがこの「みしらぬ感動」である。そしてこの「みしらぬ感動」はおまえの愛の夜々の冷えわたるさなかに、生命の循環的な流れという生物学的時間、そして外的生活という歴史的時間からも脱落した新たな時間的展開を用意する。その新たな〈時間〉によってもたらされた感覚、それが「みしらぬ感動」でもあるのだ。

7行目の「しずかな燭」の一点の焔、それこそこの新たな〈時間〉が展開する異界の、あるいは異界からの記号である。したがってその焔はもはやあのローマのカーニヴァル最後の夜の蠟燭の祭りを彩る生命と死の炎のように、点火されたり、消え去り明滅したりはしない。あるいはこの地上の夜々に吹き渡る涼風に揺らめくのでもない。この新たな〈時間〉における蠟燭の微動だにしないその一点の「かがやき」は動詞の現在形 leuchtet で示されており、この〈現在〉からみたとき、「おまえを生み、おまえが生むことをした」あの時間はもはや遠く離れた〈過去〉のもの、したがって過去形 zeugtest で示されることになる。すなわち zeugtest : leuchtet という対立である。ただアクセントのある母音のみの押韻にとどめ、語尾の韻の一致は無視されるいわゆるアソナンツ（半韻）による意図的な両者の音韻の対立的結びつきがこのことを保証するのである。

「なんと奇妙な韻の踏みはずし」であることか、と犀利な批評家ヴェルナー・クラフトをして感嘆せしめたこのようなゲーテの微妙な時制転換の操作も上記のような根拠にもとづくものである。それは新たな〈時間〉における恒常的現在と追想的過去との対比を強調するものであり、この永遠のような〈現在〉に立っておまえが回想するところの、いまや過去の事柄となってしまったあの愛の夜々は、肉の悲しみを負いつつエロス的灼熱の失せた冷ややかな時の流れとしておまえには感じとられるのである。

3　第三詩節　まぐわいと目合《まぐわい》

葉叢のつくる「くらやみ」の涼やかな夜気も、もはやおまえをそこにとどめておくことはできない。10行目のくらやみの「翳り」Beschattungは「影、陰、幻影」を表すSchattenと同義であるが、グリムのドイツ語辞典によれば、ゲーテ以前ではわずかに彼の先達の大詩人F・G・クロプシュトック（一七二四～一八〇三）にその用例が一つあるだけという極めて稀な語彙である。[11] それは地上的・肉体的な自我性に拘束された暗闇のありようを示す言葉でもあろうか。だからこそおまえは、いまやゲーテの言う「蛾からは生命を奪い、人間からは美を奪う[12]」だけの低次のまぐわいに、もはやとどまることはできないのである。ではおまえを誘ってゆくその先にある「より高いまぐわい」とはいったい何を意味するのであろうか？

「まぐわい」、ドイツ語のBegattung、その動詞形begattenは「交接・交尾する」の意。これと同系統の名詞に「夫・配偶者」を表すGatteがあり、その動詞形はgattenで、やはりこれにも「交接・性交する」の意味がある。この訳語としての「まぐわい」、漢字で示せば「目合」、この語は基本的に二つの意味を有する。すなわちドイツ語の Begattung と同様に、一、男女が契りを結ぶこと、性交。なお動詞形「まぐわう」はこの意味しか持たない。それとならんで、その漢字表記が示しているように、二、たがいに目を見合わせて愛情を通わせること。以上の二つの意味である。そしてゲーテの「至福の憧れ」においては、Begattung という語のもつドイツ語ほんらいの意味合いを拡張して「まぐわい、目合」という日本語のもつ、愛し合う者どうしによる目配せというような意味においてもとらえられなければならない。

このような前提に立ってみたとき、ここで目を見交わすものとして考えられるのは「おまえ」たる蛾と、一点静かに燃える蠟燭の焔であることはいうまでもない。生殖の営みがその絶頂を迎えたあとで、いまその熱が次第に冷めていくなか、蛾は蠟燭の静かに輝く焔にじっと目を凝らしている。そのまなざしに蠟燭の微動だにしない焔を通して発せられた、あたかも夜陰のなかに突き入ってくるかのようなもうひとつのまなざしが出逢う。「おまえ」の体に触れて「おまえ」に「みしらぬ感動」をもたらした未知なる主体のそのまなざしが。焔はそれを通して示現する未知の主体の記号にほかならない。

ここで想い起されるのは、あのハッラージュのテクストについての注釈としても読むことのできたアフマド・ガザーリーの『直感』という書物の中のめざましい一節、蛾と蠟燭の焔とのあいだで交わされる愛のかけひきである。すなわち蛾が蠟燭の焔のすぐ間近に達するや、その飛行の運動は蛾から奪われて蠟燭の焔の方に引き渡され、その結果、焔は蛾の身体に向かって飛び、その身体の中に突き入ってくる、というくだり。この飛行の運動について、ここでは蠟燭の焔と蛾の相互の眼、すなわち「目合《まぐわい》」という「きわめてデリケートな愛の心理学」（H・リッター）として読み取ることはできないであろうか？こちらが視線を向けたその相手からも同じように応答が返ってくることへの期待と畏れとが内在するものとしての視線—。このテーマはさらに次の詩節へと引き継がれていく。

4　第四詩節　火蛾とメタモルフォーゼ

13行目「遠さは何の支障でもない」は、古い語法にしたがえばむしろ「遠さはおまえを不快にさせない」とか「遠さはおまえに動揺を与えない」くらいの意味であろうか。おまえの身体に触れ、おまえが見つめ、そのおまえに「みしらぬ感動」をもたらした主体も焔の視線をもって見返してくれる。その視線のもつ呪いのちからに惹かれるようにして、遠いへだたりももののともせず、その焔＝まなざしめがけてまっしぐらにおまえは飛来する。まさにアフマド・ガザーリーのいう直線的な飛行運動の交換であり、それはまた相手の身体のなかにまっすぐ突き刺さるようなまなざし＝眼差しの交換でもあろう。まなざし、眼差しの「さし」とは「指し」とともに本来は一定の方向に向かっての直線運動のことである。このような眼差し、視線の交換についてヴァルター・ベンヤミンは「ボードレールにおけるいくつかのモティーフについて」（一九三九）というエッセイのなかで、この13・14詩行を引いて「アウラの経験に飽和した愛の古典的描写」とみなしている。この点については後段の〈補説1〉においてやや詳しく考察してみたい。

さておのれの生命を奪う地上的性愛の熱が冷えゆくなか、蛾が恋い焦がれる蠟燭の焔は「より高いまぐわい」をもたらしてくれる存在のもつ光の記号であった。『西東詩集』の「パルゼびとの書」のなかの「古代ペルシアの信仰による遺言」においては、この点について次のように表現されていたのは先にも見たとおりである。ここでは平井俊夫訳を引いておこう。

……
おんみらが敬虔な心でランプの燃えるなかに
より高い光の反映を読むことが出来れば13

……

そして16行目において「おんみら」のうちのひとり、これまで「おまえ」としか名ざされてこなかった詩的主体がここではじめてSchmetterlingという語でもって特定される。この詩行こそが、古泉迦十の『火蛾』の表紙にドイツ語の小さな金文字で二行に分けてそっと添えられていたのである。Schmetterlingはこの場合、蝶ではなく、とくに夜の蛾Nachtfalterのこと。そしてこのSchmetterlingという語が喚起するある特定のイメージが、この詩を理解するための、あたかも必要不可欠な鍵となるものとして重要な役割を負わされてきたのである。それはこの〈蛾〉がひとえに卵―毛虫―蛹―成虫という昆虫の変態の概念、あるいはゲーテの形態学、比較解剖学の知見にもとづく「この概念なしには動物界における自然の経済性をけっして展望できない[14]」生成のメタモルフォーゼという理念を、この「至福の憧れ」という詩全体の理解のために導入する格好のきっかけをもたらしてくれるからである。

そのような解釈の主唱者ともいうべき、本書冒頭でもその名を挙げたK・ブールダッハはこの〈蛾〉のメタモルフォーゼを当然のことながら、さらに人間の身体的、精神的あるいは道徳的、感覚的な成長の段階にまで適用し、およそ以下のように説明している。すなわちメタモルフォーゼというものは、とりわけ人間がこの地上において、その可視的、経験的なありようを完結したあとでも、さらにそれをこえて超感覚的な、つまりただ予感を通してのみそれに対してのアクセスが可能であるような世界にまでその適用を拡張することが出来るような理念である、というのである。したがって地上的な意味における死、あるいは自然死はけっして実際の死滅ではなくて、それらはいわば相対的な死にとどまり、新たな誕生、変成、若返りが繰り返されるための源泉であるということになる。[15]

　このような観点に立てば、「至福の憧れ」における蛾の「焔の死」も、けっしてそれは蛾の基体の絶対的かつ完全な意味での死滅もしくは消滅ではなく、むしろその基体の新たな誕生と生成を促すメタモルフォーゼのきっかけにすぎないのである。ゲーテはこのようなメタモルフォーゼという動的要因（エンテレヒー）がインプットされた基体を、個々の被造物のうちに刻印された生きて発展していくその被造物固有の形相Formとしてとらえ、たとえば思想詩「始原の言葉・オルペウスの教え」（一八一七）のなかで次のようにそれを表現している。

おまえがこの世界に与えられた日、
太陽が遊星たちの挨拶に呼応するや
ただちにそしてたえずおまえは成長をとげた、
おまえを出現させたその法則のままに。

それがおまえの運命なのだ、自己の存在からおまえは逃げられない、
すでに巫子《みこ》たちは　予言者たちはそう告げていた。
そして毀《こわ》すことはないのだ、時間も世の力も、
固有の印《しるし》をおびた　生きて発展する形相を。[16]

しかしながらここで、この永遠に毀《こわ》されることなく造りかえられる休止なき生成（メタモルフォーゼ）のうちにある被造物＝「おまえ」という表現から、あのハッラージュのテクストの中の火蛾を想起してみよう。蠟燭の焔の中に飛び込んで「焼き亡ぼされ、小さな姿に成り果て、焔とともに気化され、その痕跡も、その身体も何もあとに残さない。その名前も、それとわかるしるしもない」という火蛾の完全な消滅のありようを。そしてこの火蛾のイメージと右に引用した思想詩のメッセージとの関連をどのようにとらえるべきなのかという問いかけをここで発することにしよう。つまり蠟燭の焔の中で完全に焼き亡ぼされたものこそ、むしろ蛾の基体そのものではないのか。そして、固有のしるしとしての基体にインプットされている休止なき生成としてのメタモルフォーゼも、それと同時にその運動を終えてしまうものと考えることはできないのであろうか、という問いかけである。しかしそれについての答えは少し先の、すなわち第五詩節の解釈にまで持ち越すことにしてその前に補説を挟むことにしたい。

補説1 詩とアウラ ゲーテ―ボードレール―ベンヤミン

一九二三年にフランクフルトで創設され、ホルクハイマーやアドルノ、マルクーゼあるいはフロムといったユダヤ系の人々が多く参集した「社会研究所」は、ナチスの台頭により、本拠地をニューヨークに移すことを余儀なくされたが、研究所の機関紙『社会研究誌』にベンヤミンは「ボードレールにおけるいくつかのモティーフについて」[17]という論考を発表する。彼がピレネー山中で自死する直前の一九三九年のことである。この論文の中でベンヤミンはゲーテの「至福の憧れ」の第四詩節の二行、すなわち

13 遠さは何の支障でもない、
14 おまえはましぐらに呪《まじ》のちからに惹かれて翔ぶ、

を引用し、ボードレールのある詩との比較を試みている。

その詩とは『悪の華』第二版（一八六一）「憂鬱と理想」の中の〈夜の穹窿《おおぞら》にも等しく、私

はきみを崇《あが》め愛する、」である。

夜の穹窿《おおぞら》にも等しく、私はきみを崇《あが》め愛する、
おお悲しみの器《うつわ》よ、丈高い寡黙の女《ひと》よ、
私の愛はいやますばかり、美しい女《ひと》よ、きみが私を遁れようとすればするほど、またわが夜な夜なを飾るものよ、
私の胸を涯しもない空の青から引き離す
道程《みちのり》を、皮肉っぽく、きみが延ばすと見えれば見えるほど。[18]

ベンヤミンが引用している6行からなる第一詩節、そして引用されてはいない4行からなる第二詩節でもって構成されるこの無題の詩は、すでに一八五七年の『悪の華』初版にも収められているが、その成立はさらにこれより十年以上前の一八四三年もしくは一八四五年頃ともいわれている。したがってゲーテのテクストとボードレールのそれとのあいだにはおよそ三十年、つまり一世代の歳月が横たわっていることになろう。このこともここで考慮に入れておく必要があるのかもしれない。

この二つの詩のテクストが比較されるにあたって、その拠り所となるのはベンヤミンのいう

「アウラ」、より正確にはアウラとそのアウラの有無の標識となる「視線」というものの関係である。もちろんこの「アウラ」という概念は、ベンヤミンにおいてはその扱われるテーマとコンテクストによりその意味を大きく異にするものであることはいうまでもない。たとえばいわゆる〈複製技術時代における芸術作品〉とアウラとの関係、あるいはプルーストの『失われた時を求めて』における「無意志的記憶」とアウラとの関連性などについてはそれぞれ別個の考察が必要となろう。したがってここではもっぱらゲーテとボードレールの詩におけるアウラと視線との関係に絞って考えてみることにしたい。それによってアウラの飽和と喪失というベンヤミンのアウラ理解における独自のアンビヴァレントな関係性が、この二人の詩人のテクストを通じてみえてくるはずである。

自分がある人を見つめたとき、視線の対象となったその人が愛する相手であればなおさらのこと、その相手からも見つめ返してほしいという気持ちをいだくのは人間のきわめて自然な欲求であろう。すなわち〈目合《まぐわい》〉への欲求である。私が視線を送る対象は、私がそれらのものを見ているのと同じように、私に視線を送り返してくれる、ということ。この確信こそがまさに視線を送る主体にとっては、場合によってはその身もふるえるようなエロスに満たされた至福の思いをもたらしてくれるものにほかならない。ベンヤミンによれば、このときその視線の対象となるものは必ずしも人間に限られることはなく、他の生物やもしくはそれが無機物であってもかまわない。

したがってアウラの経験は、人間社会によく見られる反応形式の、無生物ないし自然と人間との関係への転移に基づいている。見つめられている者、あるいは見つめられていると思っている者は、まなざしを打ちひらく。ある現象のアウラを経験するとは、この現象にまなざしを打ちひらくことである。[19]

そしてベンヤミンによれば、この「現象にまなざしを打ちひらく能力」を付与すること、あるいは「ある現象のアウラを経験すること」はまた詩のひとつの源泉ともなりうるのである。この点については、たとえばこの論考でも引用されている『悪の華』の中の有名な詩「照応」の一節が想起されよう。

〈自然〉はひとつの神殿、その生命《いのち》ある柱は、
時おり、曖昧な言葉を洩らす。
その中を歩む人間は、象徴の森を過《よぎ》り、
森は、親しい眼差しで人間を見まもる。[20]

このボードレールのテクストに文字通り詩的に「照応」しているのが、蛾と蠟燭の焔とのあいだで交わされる〈目合《まぐわい》〉を表現しているゲーテの「至福の憧れ」のあの二行「遠さは何の支障でもない、／おまえはましぐらに呪《まじ》のちからに惹かれて翔ぶ、」である。そしてこの二行こそはベンヤミンによれば、「アウラの経験に飽和した愛の古典的な描写[21]」にほかならない。つまり〈目合《まぐわい》〉の強度がここでは最大限度にまで発揮されているのである。たとえその〈目合《まぐわい》〉が保証するその愛は、地上的な性愛によってもたらされる悦びがいったんは「冷えわたる」さなかでの「あらたな欲望」にもとづくものであったとしても。ゲーテの詩の中のあの蛾の眼には蠟燭の焔のアウラが煌いているのである。

ところがこの点についてのベンヤミンのボードレール理解にとってより重要であったのは、むしろアウラの消滅であった。すなわち「反応をもとめて人間のまなざしに向けられた切実な期待が、空しい結果に終わる」ことである。そしてこの「アウラの凋落」が『悪の華』のいくつかの詩の中で、いわば「暗号」というかたちをとって刻印されているのを見定めること、このことの方がベンヤミンにとってはより重要なことであった。ボードレールは「見つめる能力を失ってしまったと言えるような眼」を描いているが、しかしそれゆえにこそ、その眼にはある魅力がたたえられているのである。そしてそのような眼に呪縛されてしまったあげく、ボードレールの「欲動」Trieb―フロイトの用語である―に混乱が生じたということになる。[22]

以上のようなことを背景として、ベンヤミンが、ゲーテの詩の中のあの二行に対して「決然と対抗している」ボードレールのテクストとして掲げているのがあの〈夜の穹窿《おおぞら》に……〉の第一詩節なのである。

ゲーテの詩における「蛾」と同様にボードレールの詩節の「私」も、たとえ肉の悲しみを結果的に味わうことになろうとも、「夜の穹窿《おおぞら》」としての「きみ」の肉体に、すなわち「悲しみの器《うつわ》」に愛の行為を通して到達したいと望んでいる。この場合の「悲しみの器《うつわ》」のその「器《うつわ》」vase とは当然のことながら、女性の性的器官の比喩である。それゆえに「私」はみずからの視線を上の夜空へと向けて「丈高い寡黙」なきみを崇めるようにじっと見つめる。ここでは地上的な性愛を希求する視線と垂直に交差するかのように、超越的なものを志向する視線、つまり「私」の二重の視線というものが示されている。しかし「きみは」こうした「私」の視線に一向に応答してくれる気配を示すことはない。「きみ」はそのような「私」の視線をただ「遁れよう」とするばかり。ゲーテの一節においては、蛾が蠟燭の焔とのあいだで交わす視線という運動の交換、つまり〈目合《まぐわい》〉が成立していた。ここでもぜひとも想起したいのは、あのハッラージュのテクストに対する注釈としても読むことのできたアフマド・ガザーリーの神秘的愛の書『直感』であり、そこに示されていた、蛾と蠟燭の焔とのあいだで互いに交わされるさながら〈目合《まぐわい》〉のごとき飛行運動の交換である。すなわち蛾が蠟燭の焔の至近距離にまで達すると、蛾からその飛行の運動が奪われ、蠟燭の焔にその運動が引き渡されるというものである。

これに対してボードレールの詩においては、ただ「私」の一方的な視線の動きがあるだけで、その視線の先にあるのは「きみ」の「見つめる能力を失ってしまった」かに思えるような眼―E・T・A・ホフマンの『砂男』の中の木偶の美女オリンピアの人工の眼さながら―ただ「私の視線」を受動的に映し出しているとしか思えない「鏡のような眼」があるだけなのだ。ベンヤミンは、こういった点にこそボードレールとゲーテの詩句とのあいだに横たわる決定的な相違点を読み取りたいのであろう。しかしそうであるからこそ、つまり「きみ」の視線が「私」へと送り返されてくることを切に期待しても、それが空しい結果に終わるからこそ、「私」はそのような「きみ」の眼に呪縛される。そのような眼をもつ「きみ」の「わが夜な夜なを飾る」月のような冷たさに「私の愛はいやますばかり」なのだ。そしてこの「冷たさ」こそ、ゲーテとボードレールの詩行の対照性をさらに際立たせる重要な鍵となるのである。

ここでベンヤミンによってなぜか引用されなかった、この詩の第二詩節を引いておこう。

死骸めざして這い寄る蛆虫の合唱隊のように、
私は進んで攻撃し、よじ登って襲いかかる。
私にはいとおしいのだ、おお情容赦なく残酷な獣《けだもの》よ!

きみを私には一段と美しくする、その冷たさまでもが！

この詩節においては「私」は「蛆虫」と化している。「蛾」とは対照的に、愛する対象に向けて視線を送る眼も持たず（「陽気な死人」第三詩節「おお蛆虫ども！耳もなく眼もない陰気なともがらよ[23]」参照）、また愛する対象のもとにまっしぐらに飛んでいくその翅をも持たぬ蛆虫に、である。その代わりに冷淡な、もしかしたら冷感症であるのかもしれぬ「きみ」、すなわち「情容赦なく残酷な獣《けだもの》」のような、しかしそれゆえに「私」にはいとおしい「きみ」の冷たい肉体にその蛆虫は「よじ登って襲いかかる」のだ。まさに〈目合《まぐわい》〉などあらかじめ拒まれている屍姦さながらに……[24]。

このようにしてボードレールの欲動の中で、ある混乱が生じる。すなわちベンヤミンによれば「セックスがエロスと縁を切った」のである。しかしながらこのことはゲーテのあの詩行の、つまり「アウラ」の経験で満たされている「愛の古典的な描写」たる詩行の関知せぬこと。さらにいえばボードレールの詩行において「私」を「きみ」から逃れがたくする、その「冷たさ」froideur こそ、ゲーテの火蛾が憧れたあの「焔の死」Flammentod の灼熱の対極にあるものである。しかしボードレールにあっては、このような経過をたどって「アウラの凋落」はますます覆い隠しがたく『悪の華』のもろもろの詩の中に刻みつけられていったのである。あたかもアウラの経験に飽和したかのごときゲーテの詩に「決然と対抗」するかのように。このことはたとえばゲーテによって代表される〔定型〕抒情詩の伝統をその一世代後においてもなお所有するためには、その伝統に対して比類ない強度をもって「決然と対抗」するよりほかはない、というボードレールの明晰冷徹な判断にもとづくものだったのであろう。

5-1　第五詩節「死して成れ!」

「至福の憧れ」という詩のまさに紋章ともいうべき、この17詩行「死して成れ!」は今日まで繰り返しゲーテのメタモルフォーゼ理論の枠組みの中でとらえられてきた。それは単に肉体の外面上の変態のみならず、たとえば人間においてはその固有のしるしとしての基体が内包する魂の、あるいは精神の転生をも意味するものである。現行のフランクフルト版全集の注釈においては、このことと関連して参照すべきテクストとして、以下に挙げる新約聖書の言葉を指摘している。[25]

自分の命を得ようとする者は、それを失い、わたしのために命を失うものは、かえってそれを得るのである。（マタイ福音書10、39）

しかし、死者はどんなふうに復活するのか、どんな体で来るのか、と聞く者がいるかもしれません。愚かな人だ。あなたが蒔くものは、死ななければ命を得ないではありませんか。（コリントの信徒への手紙15、35・36）

この聖書の言葉をゲーテは世俗的な方向に解釈し、―彼の得意の方法だ！―かつこれを極度に切りつめて以下のような箴言にまで圧縮する。

われわれが生きていくためのこつは、おしなべて次の点にある。すなわち存在せんがためには存在を放棄する、ということ。[26]

この警句めいた言葉は、一八一一年五月二十四日のF・W・リーマー（一七七四～一八四五）との対話にもそのまま用いられている。[27] よほどゲーテの気にかかっていた言葉なのかもしれない。なおリーマーは、のちにヴァイマル図書館の司書長も務め、長きにわたってゲーテの学問上の協力者であり、彼自身もすぐれた古典学者であった。

さてゲーテのこの言葉で特徴的なのは、「存在せんがためには……」という目的意識がそこに働いているということである。原文ではいわゆる〈um…zu 不定詞〉でもって表現されている。すなわち接続詞 um が zu 不定詞（句）と組んで「～するためには……」という目的意識、意図を表現するのである。英語の〈in order to 不定詞〉と同様の表現である。

それではこの場合、目的意識の根拠となっているのは何であろうか？ いうまでもなくメタモルフォーゼ、すなわち生命のもつ生―成―滅―再生……という交代と循環の自明の、かつ安定した普遍的なサイクルにほかならない。生まれて成長してそして死ぬのはただおまえの肉体というフォルムにすぎず、エンテレヒーという不滅の要素がインプットされているおまえの基体は、そのあとでまた新たなフォルムをまとってふたたび生まれかわる、というあのお定まりの予定調和の〈物語〉。ブールダッハの言葉を借りれば、「この変態変成は新たな誕生、生成、若返りが繰り返されるための源泉なのであり、完全な死滅とその克服とが同時に包含されている」[28]ということになろう。この詩の中で、「死して成れ！」というメッセージの送り先である、この蛾にとっても例外ではない。蠟燭の焔に焼き亡ぼされていったんはおまえは死ぬ。しかしそのあとでおまえはふたたび生まれかわるというメタモルフォーゼは当然のことながらおまえにも用意されている。されば安んじてそのプログラムに参入すべく「死して成れ！」というわけである。

ゲーテによって示されたこのようなメタモルフォーゼ・プログラムを解釈のための枠組みとして堅持し、それにもとづいてこの詩句あるいはこの詩全体を理解しようとする傾向は、わずかな補正は加えられながらも基本的には今日においてもなお優勢を占めているのである。

しかしながらそういった通説の根拠ともなっているメタモルフォーゼのプログラムは、その自明で安定した生命進化的な前後関係、あるいは単なる形態の変成というプロセスにあの蛾を組み入れることによって、その「焔の死」それ自体をむしろ形骸化し、文字通り人畜無害なものへと矮小化してしまっているのではないだろうか？このような問いかけはこれまであまり提起されてこなかったように思われる。奇妙な言い方が許されるならば、メタモルフォーゼというあの退屈な誘蛾灯の罠から、あの蛾をいったん解き放つような理解の仕方はないのであろうか？すなわち蛾の生を生命の循環的な流れ、あるいはメタモルフォーゼという普遍的なプログラムの中に解消してしまおうとするタナトス的発想に抗して、むしろ個体としての蛾の生における究極的なありようとしての「焔の死」に目を向けなおすようなエロス的視点が要請されるのである。それによってその「焔の死」のもつ真にラディカルな意味の理解にもつながっていくはずである。ここでもう一度、第四詩節の解釈の末尾で発しておいた問いを繰り返しておこう。すなわち蠟燭の焔の中で完全に焼き亡ぼされ消滅したものこそ、むしろ生命のエンテレヒーが内包された蛾の基体そのものではないのか、ということである。
以上のことを前提として、まず蛾の「焔の死」Flammentod のもつ真にラディカルな意味とは何かを問うことから始めよう。

その解明のヒントをもたらしてくれるのが、修辞学でいう「二詞一意」hendiadys の発想である。「二語一想」とも呼ばれるこの修辞法は、ごく簡単にいえば、二つの名詞もしくは形容詞を and で結ぶことにより、単一の意味を表示する方法のこと。たとえば death and honor という二語でもって honarable death「名誉の死」という一想、一意を表現するわけである。それでは「死して成れ！」Stirb und werde! というメッセージをこの hendiadys としてとらえるとすればどうなるのであろうか？

この場合、「成れ」werde は、まず死んで、そのあとで生まれかわり、しかるべく何かに変成せよ、すなわちメタモルフォーゼのプログラムに参入せよ、などということはもはや含意されてはいない。むしろここでは「死ぬ」ことと「成る」こととが、メタモルフォーゼに代わる「二詞一意」という特殊なコンテクストを形成しつつその意味を構成することになる。このような考え方は、一九七〇年にE・レッシュという研究者が発表した論文[29]によって主張され、わが国では一九八九年に『西東詩集』ならびに『注解と論考』のすぐれた訳注を刊行した平井俊夫によって支持されている。この「死して成れ！」さらにはこの詩全体の解釈をメタモルフォーゼのプログラムの枠組みのなかでのみ提示してきた流れに一石を投じた考え方であり、すぐれた指摘であるように思われる。

肉眼で見る太陽の光よりもはるかに眩しい高次の光の反映としての蠟燭の焔の中での死というものが、あの蛾の自己消滅と自己実現とを同時にかつ一瞬のうちに成立させる可能性、そのようなものとしてこの hendiadys すなわち「二詞一想」のコンテクストを想定すればよいのであろうか。あらかじめ設定されているプログラムのなかで、消滅と変成、あるいは死とか再生とかがそれぞれすでに自立した項目として前後関係をなして存在する、というのではない。そうではなく、存在するのはただ一見するとたがいに対立し排除しあうかに見える逆向きに働く運動のみ。ここで一方の運動をいまかりに「自己消滅」あるいは「死」と名づけておくと、他方のそれは、「自己実現」あるいは「成る」ことと名づけることができるような逆向きの運動、その一瞬における同時進行が要請されているのである。そしてこのことこそ〈火蛾〉の寓話についてのあの先鋭な解釈者アフマド・ガザーリーが「大いなる神秘」とも「愛の完成」とも呼んだところのことなのである。この一瞬の滅びの境地において、蛾はおのれ自身をみずからの愛の対象とすることができる。なぜなら、いまこのとき蛾はおのれを焼き滅ぼす焔それ自身に「成る」ことができたのだから。

このような「死して成れ！」という要請を体現するかのように、ゲーテの詩のなかで、蛾は

「まっしぐらに呪《まじ》のちからに惹かれて」翔び、そして究竟、光にこがれ」て焼き亡ぼされる。それはまたハッラージュの〈寓話〉における火蛾についても同断である。「焼き亡ぼされ、小さな姿に成り果て、焔とともに気化され、その痕跡もその身体も何もあとに残さない。その名前も、それとわかるしるしもない」あの火蛾――。生命の持つ普遍的なメタモルフォーゼのプログラムにもとづいてその外面的な形態だけが滅びる、というのではなく、エンテレヒーという不滅の要素をになっている基体そのもの、つまり「しるし」が完全に消滅するのである。まずもって死のための死を「死に果《おお》せる」こと、もしくは「死にきる」こと。このことこそが「二詞一意」としてとらえられた「死して成れ！」の意味とならねばならない。

一瞬の炎上のうちに、死に果て、死に切り、それによって同時にただの蛾が火蛾となりうるという、その蛾自身にとっての究極的な生の実現がはかられる。二詞一意のこのパラドクスめいたありようについて、先に名を挙げたレッシュはそれをみずからの論文の副題としても掲げているように「悲劇的運動」としてとらえている。しかしこれがはたして悲劇的であるのかどうか。むしろそれを「祝祭的」なものとしてとらえてみたらどうであろうか？このとき、たとえばゲーテも多大な影響を受けていた、いわゆるソクラテス以前の哲学者ヘラクレイトスの唱える、一瞬のうちに展開する「反撥的調和結合」[30] palintropos harmoniē をここで考えることはできないであろうか。すなわち消滅と生成という反対項のプロセスどうしの一瞬の炎上におけ

る同時的進行として。これについて古東哲明はヘラクレイトスの断片B51、

ひとびとは理解しないのだ。いかにして不和分裂しているもの〔二分コード〕がみずからと一致和合している（ホモロゲイン）かを。たがいに逆向きに働きあうことでの調和（パリントロポス・ハルモニエー）というものがあるのだ。たとえば弓や竪琴のように〔本体と弦との引っ張りあいのなかで、弓としての働きや、調音された音色が生じる[31]〕

を引いて、これを以下のように説明する。すなわち論理的に矛盾しあうAと非Aという二つの動性がたがいに分離できない仕方で包含し回互しあう。その一体二重的な、あるいはわれわれのコンテクストでいえば二詞一意の統合現象が森羅万象の存在構造としての「逆向きに働きあう調和[32]」であると。そしてこの調和については、「悲劇的運動」という重苦しさのなかでとらえるよりは、むしろ蛾が火蛾となる一瞬の祝祭的運動として、どこか軽やかでいて、しかも間延びのしない、エロスとタナトスとの一瞬の切り替えとしてとらえることが可能なのではあるまいか。さらに蛇足を加えれば、このレッシュのいう「悲劇的運動」なるものを相対化しはぐらかすものとして、前に挙げた『善悪の彼岸』におけるニーチェの次のような指摘も忘れてはならないであろう。すなわちこの「死して成れ！」もひょっとすると、もはやほとんど危な気

などない老成した賢明な遊蕩者の抱く「憧れ」、すなわち、例外的状況下もしくは特権的瞬間において、その精神的肉体的拘束を思い切って放下し、かなぐり捨ててしまいたいという「憧れ」以上のものではないのかもしれないということである。これこそ、火蛾にはなりえぬままに老熟したただの蛾による高尚きわまりないイロニーもしくは冗談以外の何ものでもない。このことが果たして悲劇的運動などといえるのか否か。これは大きな疑問である。

5-2　第五詩節　光―曇り―闇

おまえは暗い地の上の
暗く悲しい孤客にすぎぬ。

「死して成れ！」をいつもわがこととして体得せぬかぎり、つまりみずから火蛾となりおおせることができぬかぎり、おまえは、それでなくともこの暗い地上において、さらに暗く悲しい旅人であり続ける。「孤客」Gast は、たとえば旧約聖書の詩編でいわれている「闇と死の陰に座る者」(一〇七:一〇、一四)、あるいは新約聖書ヘブライ人への手紙の「地上ではよそ者であり、仮住まいの者」(11、13)として表現されているような、地上という「嘆きの谷」vallis lacrimārum(旧約詩編 八四:七)を行く旅人のことであろうか。あるいはホメロスの『オデュッセイア』以来の「旅する人間」homo viator。

この形象をゲーテは好んで用いている。たとえば『若きウェルテルの悩み』(一七七四)においてウェルテルは、「そうだ、ぼくはいまひとりの旅人、この地上のひとりの巡礼者だ。きみたちもそれ以上だろうか?」[33]と問いかけているし、『ヘルマンとドロテーア』(一七九七)では、ドロテーアのかつての許婚はフランス革命の動乱のさなか、彼女との別れの際に次のような言葉を告げてパリに向けて去っていく。「この世の人間は旅人に過ぎぬとは、よく言ったものだ。今くらいまた人がみな旅人になったことはない。」[34]

その意味においてこの「孤客」を「暗く悲しい」という訳語をもって形容するのはたしかに正しい。原文では ein trüber Gast。trüb もしくは trübe という形容詞には基本的に、1 不透明で濁った、くすんで曇った、2 暗く沈んだ、陰鬱でもの悲しい……という意味がある。しかし「至福の憧れ」という詩の全体を眺めたとき、この trüb(e) という語はまた別のコンテクストにおいてもとらえられなければならない。すなわち原文一〇行目の Finsterniß「くらやみ」、一五行目の Licht「光」と相まって、この語はゲーテの色彩論におけるキーコンセプトを形成する要素となるものなのである。

ゲーテによれば、色彩は明るいものと暗いもの、「光」と「闇」の共同作用から、しかも「曇りを含む」trüb媒体の仲介によって生じるものとされる。『色彩論』教示編第二篇「物理的色彩」の記述によれば、

一方には光Licht、つまり明るいもの、他方には闇Finsterniß、つまり暗いものがある。この両者の中間に不透明な曇りTrübeを持ち込んでみよう。すると光と闇の対立の中からこの不透明な曇りを含む媒体の助けによって、もろもろの色彩が光と闇という対立と同じような対立関係をなしつつ展開してくるであろう。しかしこれらの色彩の相互関係を通して、われわれは一つの共通の根源にまでただちに遡及することが可能である。（第一七五節）

「光」と「闇」と「曇りを含む媒体」、この三者による共同作用をゲーテは「根源現象」とか「原現象」Urphänomenと呼ぶ。しかしこの場合の「光」はあくまでも「闇」と「曇り」との協働によって「物理的」色彩を生じさせるような、やはりそれ自体も物理的な「光」にとどまるものなのであろうか？ゲーテの詩の中のあの蛾、あるいはハッラージュの寓話のあの火蛾が飛

び込んだ先の蠟燭の焔の光、それは高次の超自然的な「光」の反映、つまり「光の光」であったはずであるが、このいわば「神的」な光についても上記の「物理的」な色彩を生じさせる光の原則は通用するのであろうか？という疑問は当然のように生じてくるであろう。物理的色彩に対する光に照応するような、いわば神学的色彩に対する「光」というものがはたして存在するのであろうか？つまりゲーテにおける〈色彩神学〉のようなものが。それはたしかに存在する、といえるであろう。

たとえばその〈色彩神学〉の一端が、色彩論の歴史に関してゲーテが蒐集作成した膨大な『色彩論史資料』の中のロジャー・ベーコンについての記述の中にきわめてコンパクトに表現されているのをわれわれは読むことができる。この点については以下の〈補説2〉においてより詳細に述べることにして、ここで光と闇との協働作用によって色彩を生み出す要素としての「曇り」というものについて若干の補足を加えておきたい。

それはこの「曇り」が錬金術とのつながりをも想起させる語であるということ。すなわち「曇り」はこの場合、精錬の操作がいまだ完全に終了する以前の、不純物を多く含んだ卑金属のありようを指す言葉でもあるということである。ゲーテの「至福の憧れ」のプレテクストとされていたハーフィズの前掲の詩の一節において、埃塵めく鉛のごとき肉体を純金へと変容させる愛の錬金溶液について歌われていたことをここで思い出してみよう。

そなたへの愛という悲しみの錬金薬液《エリクシール》はわたしの土埃めく肉体を／醇乎たる金へと変えてくれることだろう、鉛のごとき肉体であったものを。

この錬金薬液が作用するのはただ肉体という次元にとどまるものではない。それは同時に、いまだ完全に浄化されてはいない、つまり「意識の感覚的知覚的領域……欲望と欲情の場[35]」としての「低次の魂」（ナフス・アンマーラ）という粗金属のもつ濁りや曇りすなわちTrübeを精錬し、静穏な安らぎの魂という純金へとそれを変成せしめる霊液でもあった。このことについては先に掲げたA・シンメルの説明が委曲を尽くしている。すなわち、スーフィズムが「一種の精神的錬金術」であったことを、このゲーテの色彩論における一大要素としてのTrübeという語を機縁にして、ここでふたたび想い起しておこう。

補説2　ゲーテの色彩神学

ロジャー・ベーコン（一二一九頃〜一二九二頃）は十三世紀イギリスの哲学者、自然科学者にしてフランシスコ会修道士でもあり、驚異的博士 Doctor mirabilis と呼ばれた。オックスフォード大学に学び、後年には同大学の教授に就任する。またパリ大学に赴き、アヴィセンナ（イブン・スィーナー）やアヴェロイス（イブン・ルシド）らの当時において最先端のアラビア語による著作にも接していた。観察にもとづく経験的実験的な学問方法を重視し、『大著作』Opus maius では光学に関する記述も見られ、光の屈折作用を利用して数々の光学器具の製作にも従事していた。

ゲーテは一八〇七年の秋から翌〇八年の秋にかけて集中的にベーコンの研究にいそしみ、迷信からもまた無神論からも解放されたその明晰さを高く評価し、早くも一八〇八年三月七日のF・H・ヤコービ宛書簡において、このベーコンについて言及し「満腔の尊敬」を表明するほどであった。

ベーコンは色彩論については特に著作を遺していたわけではないが、ゲーテはその著作群から自分自身の色彩論とも合致する、ベーコンのいわば「小‐色彩論」kurze Farbenlehre を再構成し、それを『色彩論史資料』の一部に編入したのである。その『資料』においては、古代ギリシア・ローマの時代から十六世紀のはざまに「中間時代」が設定され、この中間時代の色彩論を代表する人物としてロジャー・ベーコンにかなりの紙幅を充てて、その学問の特性が描写されている。おそらくはゲーテの長大な色彩論史記述のなかでも白眉の部分である。そのうち〈色彩神学〉として読むことのできる箇所はたとえば以下のように示されている。

光は神の創造した根源的な力と効能のひとつである。光は自分に等しいものを質量においてて表現しようと努める。それはさまざまな仕方で起こるが、われわれの眼には次のように映る。

純粋な物質というのは、眼で見るかぎりでは透明か不透明か半透明かである。われわれは半透明を「曇り」と呼ぶ。光の効能が曇ったものを通りすぎようとし、そのため光の根源的な力は〔曇りによって〕つねに阻止されはするものの、それでもいまだに作用しつづけるならば、光と等しいものは黄色や黄赤〔橙〕色として現われる。しかしより暗いものが曇りと境を接しているため、光の効能が先へ進むことができず、照らされた曇りから反射して戻ってくると、光と等しいものは青色や青赤色となって現われる。[36]

神が創造した「光」、そしてその反映である「しずかな燭」の焔の光の中に身を投じ、それによって焼き亡ぼされるという「焔の死」に「あこがれ」を持つことができないかぎり、蛾は、そして同じ被造物たるわれわれ人間も、この暗い地上を歩む孤独な旅人にすぎず、そのかぎりではたしかに「暗く悲しい」存在なのであろう。しかし「曇り」のない光へのみずからの死を賭した憧れ、すなわち燭の焔への「死の跳躍」の憧れを抱くことができるとすれば、それだけでも暗く悲惨な存在にもひとつの光明を見いだすことが可能となる。あるいは「不透明な」undurchsichtig 地上の闇の「翳りにとらわれた身」から脱して、神の「光」とこの地上の「闇」との中間、すなわち「曇り」のあわいにただようことができる。そうした「あこがれ」こそこの詩の表題ともなっている「至福の憧れ」にほかならない。そのあこがれがいかに至福に満ちたものであろうとも、それがただ「あこがれ」でありつづけ、「曇り」のうちにとどまっているかぎりはその身はむろんあの火蛾のように焼き滅ぼされることはない。しかしそのことは同時にいつまでも「暗い地上の〈曇った〉孤客」であり続けることを意味する。「光」からすれば、そのありようはただ「半透明な」halbdurchsichtig ものであるにすぎず、いまだ多くの地上的・物質的な残滓を身に帯びていて、「透明な」durchsichtig、より高次の神的な「光」には結びついていないのであるから。

たとえば『ファウスト』第二部最終場面では──つまり『ファウスト』全体の終わり近くにおいてということであるが──「地上の残りかす」Erdenrest（一一九五四行目）とも表現されている、この地上的・物質的な残滓物をまだ多く身に荷っているありようも、しかしながらベーコン＝ゲーテの〈色彩神学〉においては決して一概に否定的なものではない。なぜなら神的な

「光」は地上の物質世界という「曇り」の媒体のうちによってこそ初めて「色彩の戯れ」をくりひろげることができるからである。―すなわち光の「寓意」としての〈黄と黄赤〉、あるいは〈青と青赤〉の。ここで示された光の寓意はやがてその色の戯れをさらに発展させられて、「至福の憧れ」という詩とほぼ同時代に成立した「神と心情と世界」という詩の中では次のように表現されている。

……

だがきみは愛をもって向かいあうがいい、
透明なものに、そして曇ったものに！

なぜならもっとも曇ったものが太陽のまえにあるとき、
もっともみごとな紫色の歓喜が見られるのだから。

そして暗く曇ったものから抜け出そうとするとき、
光は熱烈な赤を燃えたたせるだろう。

またこの曇りが消えしりぞくと、
赤はそのときもっとも明るい黄に変化する。[37]

……

ここでは色彩はおのおの愛の、そして光の寓意である。このうちまず光の寓意は、ドイツ語においてはすでにその語のなかに〈赤〉が含まれるMorgenröthe（朝焼け、暁紅）のうちに示されている。最近になってG・アガンベンによって再評価がなされている、すぐれたゲルマニスト、マックス・コメレル（Max Kommerell 1902～1944）は一九四三年に発表された『西東詩集』論の中でこの点に関して以下のように述べている。今なお色褪せることのないブリリアントな指摘であるように思われる。

この曇り（……）、人間においては性愛によって興奮させられた官能と魂との境界領域に相当するのであろうこの曇りとともに、すでに〈赤〉という色は存在しているのである。光が直接に、というのではなく（……）曇らされた光が「苦悩をあわれむ」のである。赤は俗に言う愛の色ではないにしても、「苦悩をあわれむ」かぎりにおいて〈赤〉は愛の予兆となる。というのも愛は官能的仲介を果たすからである。この〈赤〉が朝焼け Morgenröte の、つまり何かのはじまりの気配の色なのである。[38]

『西東詩集』におけるゲーテにとって「朝焼け」は次のことを象徴している。すなわち神がみずからの孤独を感じて光を出現させたとき、その光をはばかるようにおずおずと遠ざかっていった闇、そしてこれとともにばらばらに逃げ惑うように四散した土、火、風、水のエレメントをふたたびこの地上において相まみえさせる愛、すなわちコメレルのいう「苦悩をあわれむ」愛、これが「朝焼け」の意味することである。この「苦悩をあわれむ」という表現は、『西東詩集』の中でももっとも壮大な、いわばひとつの宇宙詩ともいうべき「再会」という詩の以下のような一節に由来している。

……

すべてが黙し、しずまり、荒れはてていた、
神ははじめて孤独を感じた！
それゆえ神は朝焼けを創り出し、
朝焼けは苦悩にあわれみをおぼえた。

混濁した万宇からあさやけは
鳴りひびく色のたわむれをくりひろげた、
そして今、はじめは別れそむいたものが
ふたたび愛しあうようになった。
……39

だからこそ先に引用した「神と心情と世界」という詩のなかでは、透明なもの、つまり光にも、そして曇ったものにも、ともに愛をもって向かうがよいと要請されていたのである。そしてこのメッセージはむろんこの暗い地上を歩むわれわれ孤独な客にも向けられているのである。たとえ一瞬のあいだとはいえ、神の光へと変容した―アフマド・ガザーリーのいう「大いなる神秘」である―あの火蛾とは異なり、依然としてその身は翳りにとらわれた曇ったものであり続けるにしても。

このような形でわれわれはゲーテによって再構成されたロジャー・ベーコンの〈小・色彩論〉のなかに、キリスト教にもとづくいわば色彩神学の端緒のようなものを見いだすことができるのではあるまいか。そしてもしそうであるとすれば、そのようなものはイスラームの神秘主義においても存在するのであろうか?もとよりこれは、この分野についてのまったくの門外漢である筆者の素朴な疑問にすぎない。しかしたとえば『イスラーム哲学の原像』における井筒俊彦の記述のなかに、ゲーテにおいて色彩を出現させる三つのエレメント、すなわち「光」「闇」そして「曇りを含む媒体」のような存在が認められるように思われるし、さらにこれら三つの基本要素による共同作用を通しての色彩の神秘主義的な「原現象」といったものが見てとれるようにも思われる。これをイスラームの色彩神学としてとらえることははたして許されるのであろうか。

井筒俊彦は上記の著書の中で、神秘主義的実在の原体験というものについて、十三世紀から十四世紀にかけてのもっともすぐれた神秘家であり、哲学者でもあったマハムード・シャバスタリー(一二八八?~一三二〇?)に依拠しつつ以下のように表現している。それはこれとほぼ同時代の日本の玉葉風雅の和歌を思わせるような透徹した内観にもとづく幽玄美をたたえた一個の詩である。すなわち、

あやめもわかぬ暗き日中に
明るく照り映えるぬばたまの夜40

何ひとつ見えない「あやめもわかぬ」暗闇も、それはただ地上の人間の意識にとってのこと。それ自体は同時にいっさいの存在者を照らし出す光源であり、すべてのものはこの光源からかぎりなく溢れ出てくる光に照明されて現象界に輝き出てくる。したがってここでは、いわば形而上学的な意味での「闇」とも「光」ともいえる純粋な存在というものが想定されている。これについては、ベーコン＝ゲーテの色彩神学における「神の創造した根源的な力と効能」としての「光」と「闇」としてとらえることができるであろう。

さてこのような光と闇とが「さまざまに限定された相対的形態の下に」多者の世界のただかにみずからを顕現させる。[41] すなわちベーコン＝ゲーテによれば「自分に等しいものを質量において表現しようと努める」のである。しかしこのときの光は純粋な形而上的な光ではなく、地上の現象的な光なのであり、それは「経験的に混濁した光」である。これがベーコン＝ゲーテによれば「曇り」とか「濁り」Trübe と呼ばれるものである。そしてこの「曇り」や「濁り」を含む質量的＝地上的な媒体を通してみずからを顕わにするすべての存在は、シャバスタリーによれば「ぬばたまの夜」つまり闇の中にいることになる。とはいえ、この闇も純粋な形而上的ないわば絶対的な闇というわけではない。むしろこの闇のもつ暗さは、「至福の憧れ」におけるゲーテの表現をもっていえば「暗い地の上の」その暗さ、すなわちさまざまな度合いで翳りのついた相対的な暗さなのであり、したがってこの地上では「明るく照り映える」かに見える昼の光といえども、それは闇のごとく暗いものなのである。つまりそれはシャバスタリーのいう「暗き日中」の光にほかならない。

このとき、たとえばイスラームの神秘的実在もしくは存在リアリティーの原体験における色彩というものの位相について、これをどのように考えればよいのであろうか？イスラームにおいてははたしてベーコン＝ゲーテ流の色彩神学のようなものは存在するのであろうか？このような素朴な問いかけを筆者が発するきっかけとなったのは、あのシャバスタリーの「詩」の解説において井筒俊彦によって示された、イスラーム思想史におけるスフラワルディーの系統に属する「照明体験」というものである。

スフラワルディー（一一五四〜一一九一）は十二世紀イランの哲学者にしてスーフィー。イシュラーク、つまり西洋哲学でいうイルミナチオ（精神的照明、照明体験）をもとに光の神秘主義を唱導した人。その光の哲学によれば、いっさいの存在者を照らし出す存在の太源を「光の光」と呼ぶ。われわれがこの地上のさまざまな現象において体験する〈色彩〉は、その「光の光」つまり純粋な光から溢れ出てくる「さまざまに色づけられた光」を通してのものである、ということになる。[42] とすれば、このときこのさまざまに「色づけられた」と形容され限定を受けた光は、この場合、ベーコン＝ゲーテの色彩神学でいう光と闇との共働作用にみずからも関与することによって、色彩を生み出す第三の要素としての「曇り」や「濁り」としてとらえることができるものなのであろうか。あるいはゾロアスター的二元論のイスラーム化としてのスフラワルディーの照明学的象徴体系においては、色彩を生み出す要素として考えられるのはあくまで一方において「光の光」としての純粋な光と、他方、物質性、感覚性を帯びた「闇」だけが存在するのであり、この二つの要素の対立・相克からのみ色彩が現出してくるものとしてとらえなければならないのであろうか？筆者のこうした素朴な疑問に対する識者のご教示を待ちたいと思う。

結びにかえて—ふたたび「死して成れ！」について—

1 レーヴィットとテレンバッハ

「死して成れ！」—ゲーテの詩「至福の憧れ」の核心、あるいは至高点ともいうべきこの一節は、それだけがこの詩全体のコンテクストの枠組みからひとり遊離して、その後さまざまな新しいコンテクストの中で生かされている。むろんそこには意図的であるか否かは別にして誤解にもとづく濫用も多くあるであろう。しかしゲーテは寛大である。たとえば本書第二部の第一詩節の解釈のところで言及したラブレー論のバフチーンもその一例であるし、以下のレーヴィットやテレンバッハの場合もその例にもれない。

まずカール・レーヴィットについて。彼は名著『ヘーゲルからニーチェへ──十九世紀における革命的断絶』(一九四一年初版)の序章においてゲーテのこの一節を取り上げている。

一七八四年から翌八五年にかけて成立した、ゲーテ三十歳代半ばの未完に終わった宗教的叙事詩「秘儀」Die Geheimnisse には「薔薇で密に覆われた十字架」という形象が用いられている。この比喩の意図するところは、レーヴィットによれば、聖金曜日にイエスが磔にされたときのあの受難の十字架というキリスト教神学における苛烈な意味をやわらげ、かつ止揚してそれを「純粋な人間性(フマニテート)」としての象徴へと高めることにあった。それによればキリストの十字架のもつ「秘儀」には人間の自己超克による自己解放というものが暗示されているのであり、十字架上でのキリストの受難とその復活こそは、まさに高められた「人間的状態」の確定を意味するものなのである。そしてレーヴィットのみるところ、ゲーテのいうこの人間的な聖金曜日の内実を一言でもって表現しているのが「死して成れ!」ということになる[43]。このレーヴィットの解釈が正しいのか否かについてはどちらともいえない。ただ、このことは前述したようにゲーテのお得意の手法、つまり「世俗化」という手法のヴァリエーションのひとつに数えることもできるであろう。

　つぎにフーベルトゥス・テレンバッハ。二十世紀ドイツを代表する精神病理学者のひとりであるテレンバッハが「死して成れ！」を引用しているのが、一九六一年の初版以降、今日にいたるまでいくども版を重ねている主著『メランコリー』においてである。いわゆる「メランコリー親和型」の人たちの示す心的秩序について、その空間性の標識となるものを彼は「インクルデンツ」（封入性）と呼ぶ。外的世界からは画然と区切られる心的空間の機序を形成するその境界は「みずからを秩序の中に閉じこめる」ことにより求心的防衛という意味《サン》＝方向《ス》をもっている。ここでは境界を踏み越えることなどもってのほか、というのもそれは空間秩序の危機と放棄に直結するからである。したがって「メランコリー親和型」を示す人たちにとっては、そうした境界を越えた、予測も対応も不可能な新しい空間秩序にあえて参入する可能性はあらかじめ斥けられている。そしてこのありうべき境界突破の可能性のありようを指すのにテレンバッハは「死して成れ！」というモットーを用いているのである[44]。

2　ジャラール・ッ・ディーン・ムハンマド・ルーミー

さてゲーテとイスラーム神秘主義との詩的なつながりをたどってきた本書をしめくくるにあたり、ここで最後に取り上げてみたいのは、十三世紀ペルシアを代表する神秘主義詩人の巨匠ルーミーの言葉を集成した『ルーミー語録[45]』という書物である。この書を翻訳しかつ詳細にわたる解説をほどこした井筒俊彦は、それがゲーテの「至福の憧れ」の一節であることは直接明示せずに、その本文ならびに解説においてこの「死して成れ！」を引用している。それはハッラージュの死、そしてあの火蛾の「寓話」について述べているルーミーの言葉を説明するためである。まずは井筒俊彦に多くを依拠しながら、ルーミーについての概括的な知識を得ておくことにしたい。

ジャラール・ッ・ディーン・ムハンマド・ルーミー（一二〇七〜一二七三）はペルシア、ホラーサーン地方、アフガニスタン東部バルフに生まれた。一二二〇年代におけるチンギス・ハーンの遠征により、中央アジアやイラン東部はやがてモンゴルの支配下にはいり、一二五〇年代にはその孫フラグによりイラン全域が征服されようとしている、そのような時代状況であった。ちなみにやはりチンギス・ハーンの孫でフラグの兄にあたるフビライによる日本への二度にわたる、いわゆる元寇は一二七四年と一二八一年のことである。

一〇世紀以来、ペルシア文化や詩文の一大中心地であったルーミーの生地バルフも二波におよぶモンゴル軍の侵攻により荒廃と苦難の時代を迎えていた。このような状況の下、すぐれた学匠であり神秘家でもあった父に伴われてルーミーは十二、三歳のころ、西方の小アジアのルーム・セルジュク朝トルコにおいて当時めざましい文化都市であったコンヤをめざしての漂泊放浪の旅に出る。一二三一年の父の死後、ルーミーはその衣鉢を継ぎみずからも神秘道の修業を深めてやがてコンヤにおける精神界の指導者となり、スーフィー教団マウラヴィー（メグレヴィー）を創始する。この教団の特徴としては、時として「円舞の托鉢僧団」と呼ばれるように音楽と旋回舞踊による修業を挙げることができる。ルーミーは「ペルシア語のコーラン」とも讃えられる二万六千行におよぶ神秘主義的叙事詩集成『精神的マスナヴィー』の著者でもあるが、この『マスナヴィー』のいわば解説的著作にあたるのが散文の代表作としての『ルーミー語録』である。これはルーミーが折りにふれて友人や門弟たちと親しく語ったその言葉を弟子のうちの誰かが記録し編纂したものである。わずかな例外箇所を除き、全体はペルシア語で書かれている。

3 『ルーミー語録』と井筒俊彦

ゲーテは『西東詩集』のための『注解と論考』においてこのルーミーについてもいくつかの箇所で言及している。紀元前八世紀から同六世紀にいたる古代ローマの建国当初のロムルスからタルクィニウス・スペルブスにいたるまでの七代にわたる王の系譜に倣って、ゲーテはペルシアにおける七人の詩聖の事績を列伝風のテクストによって語っているのであるが、そのうちの一人にあのハーフィズと並んでルーミーも挙げられているのである。ちなみに残りの五人の詩人の名前を挙げておくと、フィルダウスィー、アンヴァリー、ニザーミー、サアディー、ジャーミーである。

ゲーテがそこで語っているルーミーについては以下のような記述に注目すべきである。

彼の作品は、いささかまぜこぜの気味があるかにみえるが、小話、おとぎ噺、寓話、伝説、逸話、範例、なぞなぞのたぐいを彼は扱い、それによって、彼自身はっきりした釈義をあたえ得ぬ神秘の説への入門の道を拓こうとした。教説と精神の高揚が彼の目的であったが、全体としては彼は一神説によって、あらゆる憧憬を、よしんば充足はせずとも、ともあれ解消しようと努め、万物は畢竟神的存在のなかに没入して浄化されるであろうことを悟らせようとした。[46]

〔……〕ルーミーは、現実界のうさんくさい地盤にあっては快々とし内的・外的な現象のもつ謎を、精神的な、機智に富んだ手法で解こうと務める。それゆえに彼の作品は新しき謎となり、それは新しい解決と注解を必要とする。そのはてに彼は全一説に逃避せざるを得ないと感じたが、それによっては、得るところ失うところは等しく、結局は慰めでもあればまた慰めにもならないゼロしか残らない。[47]それではさてどうすれば、語り伝える物事が、次々にうまく詩や散文になるものだろうか？

なぜ引用したこれら二つのテクストがここで注目に値するかは以下の点にある。すなわち神秘主義的詩人としてのルーミーの存在を明らかにゲーテが意識していることを示すような、いわゆる「存在一性論」、つまり十二、三世紀のスーフィー思想家イブン・アラビー（一一六五～一二四〇）に淵源を発する存在論に基礎をおくものとして理解できるような用語が、これら二つのテクストに共通してみられるからである。すなわち「一神説」Einheitslehreと「全一説」Alleinigkeits-Lehreである。これらはともに経験的世界の一切の事物を、絶対的一者あるいは無限なる一としての実在的普遍者のさまざまに異なる自己限定、流出によるものとみなす考えかたを表現していると理解すればよいのであろう。ゲーテによればこの「神的存在」のなかに万物が没入して浄化されることによって、その「神的存在」への憧憬が、たとえ完全に充たされるわけにはいかないにしても、ともあれそれを解消するための方途がもたらされるのである。しかしながら、なぜゲーテはここで「よしんば充足はせずとも」という留保を加えているのであろうか? それは人間が理性というものをもつ存在であるからにほかならない。人間が理性をもつかぎりは、神的一者へのその憧憬を完全に充足させることはできないのである。なぜであろうか? その理由についてルーミーはあの火蛾の寓意でもって以下のように示してくれている。

理性は譬えば蛾のようなもの。理性が恋い焦がれる相手は蠟燭のようなもの。蛾が燈焔《とうえん》にまっしぐらに飛び込んでゆけば、必ず燃え焦げて死んでしまう。わが身が火に焦げる、その苦しみがいかに辛くとも、蛾は蠟燭に飛び込まずにはいられない。それが蛾というものだ。もし蛾のような生き物がほかにあって、蠟燭の光を見るともう矢も楯もたまらず、その光の中に身を投げてしまうなら、その生き物は（本性上）蛾であるというほかはない。また、もし蛾が蠟燭の光目がけて突入しても、燃えてしまわないようなら、それは蠟燭ではない。

この譬えを以てすれば、もし神の誘いに対しても平然として動ずることなく、全然奮発することもないような人間は人間ではない。また人間が神を認識できるとすれば、そんなものは神ではない。どうしても（神を認識しようとする）努力をやめられずに、煌々たる神の光のまわりを、堪えがたい不安に駆られてぐるぐる廻っている落ち着かぬ存在、それが人間というものだ。そういう人間を焼き焦がし、無と化してしまうもの、しかも理性にはどうしても捉えられないもの、それが神というものだ[48]。

この神的・普遍的一者に恋い焦がれること―それが蛾であれ、人間の理性であれ―それの行き着く果ては、井筒俊彦の巧みな比喩に従えば「恋する人と恋される美女との幸福な結婚ではなくて、恋する人の無化である。恋する人が恋される者の中に融けて消えてしまう[49]」ような状態、つまり「人間的我れが完全に消滅して、痕跡もとどめぬ境位」にほかならない[50]。

この「完全に消滅して、痕跡もとどめぬ境位」というものこそ、あのハッラージュの火蛾、「その痕跡も、その身体も何もあとに残さない。その名前も、それとわかるしるしも」消滅してしまうそのありようをここで想起させるに十分であろう。そして以下に引用するようなルーミーの言葉に注目しながら井筒俊彦はここに「死して成れ！」という言葉に対するひとつの理解が示されていることに注意を促すのである。すなわち「人間の真の生き方、あり方」としての自己無化、その極限を志向するメッセージとしての「死して成れ」という要請の意味がこのテクストのうちに読み取れるからである。なお以下の引用文中の括弧内の言葉は井筒俊彦による注である。

> 神のもとでは二つの我れは並び立たない（ここからいわゆる「死して成れ」の思想の展開となる）。そなたは「我れ」と言い、神も「我れ」と言う。そなたが死んで神が残るか、神が死んでそなたが残るかだ。そうでなければ我れが二つ並立することになる。だが、神が死ぬということは、事実上あり得ないことだし、また心の中で想像することもできないことである。「神こそは永遠の生者、不死不滅」なのだから。神の恩情は限りないから、もしも可能であるならば、神が自ら死してそなたを残し、そうすることで二つの我れの並立を避けるようになさるかもしれない。だが、神が死ぬということはあり得ないことであるからには、そなたが死ぬほかはない。そなたが死んで神の露堂々たる顕現を待ち、そうすることによって二者並立を滅却するのだ。[51]

さてルーミーによれば、このような自己無化と自己滅却のすえ、「我こそは神！」と叫んで処刑され火あぶりにされるに至ったあの火蛾の寓話の作者ハッラージュの死も、この「死して成れ！」というメッセージにもとづいてその意味を理解することができる。

それにつけて憶い出されるのは、例の「我こそは神」〔……〕という言葉であるが、世人は普通これをとんでもないことを言ったものだと考えている。だが「我こそは神」とは、実は謙虚さの極致なのである。「我こそは神の僕《しもべ》」と言う人は二つの存在者を認めている、一つは神、もう一つは自分自身。ところが「我こそは神」という人は自己を完全に無化している。自己は全く空無に消えている。そこで「我こそは神」と言う。その心は、私は無だ、一切は神だ、神をおいて他に一物も存在者はない、私は正真正銘の非有そのもの、無そのものだということである。これこそ謙虚さの極致ではないか。だが世間一般の人にはこれが分らない。[52]

あの寓話の主人公の火蛾こそ実際のところ、作者ハッラージュにとってみれば、ルーミーの言う「謙虚さの極致」としての〈焔の死〉が形象化されたものといえるであろう。それはまた同時に、「死して成れ！」というゲーテのメッセージが、今まさにハッラージュ自身と、その彼が創り出した火蛾の形象との双方において実現されようとしていることを示しているのである。そしてその双方が究極的にめざすところ、そこではゲーテが以下のように表現した、大いなる沈黙と安らぎが宰領し、訪れ来るものをいささかの款待の兆しすら見せずに迎え入れる空間である。

……
……すべての衝動もすべての格闘も
主なる神のうちにあっては永遠の静寂にかわる[53]

注

I

1 本書で使用する『西東詩集』ならびに『西東詩集　注解と論考』（以下、『注解と論考』と略記。）からの引用は、潮出版社版『ゲーテ全集』のそれぞれ第二巻、第十五巻所収の生野幸吉訳による。

2 ここで「詩集」を表すのにゲーテが用いているDivan（ディーヴァンもしくはディーヴァーン）はDiwanとも綴り、やはり「詩集」を意味するアラビア語のdīwān、ペルシア語のdīvān、ともに発音は（ディーワーン）に由来する。岩波書店版『イスラーム辞典』の当該項目の記載によれば、もともと帳簿、記録の意味から転じて書簡、詩、諺などの集成一般あるいは部族や個人の「詩集」を意味するようになった。

3 Karl Ernst Konrad Burdach,Anmerkungen zur *Jubiläumsausgabe*.Bd.5, Stuttgart/Berlin 1905, S.332ff..

4 潮出版社版『ゲーテ全集』第二巻、一〇九頁。

5 井筒俊彦「イスマイル派「暗殺団」—アラムート城砦のミュトスと思想」、『井筒俊彦全集』慶應義塾大学出版会、第九巻、二〇一五年、二二〇頁以下を参照。

6 『注解と論考』、三七九頁。

7 エッカーマン『ゲーテとの対話』、岩波文庫、下巻、二四九頁、山下肇訳による。
潮出版社版『ゲーテ全集』第二巻、一〇四頁。

8 『世界文学事典』編集委員会編『世界文学事典』、集英社、二〇〇二年、一二三二頁以下を参照。

9 『ハーフィズ詩集』、黒柳恒男訳、平凡社、二〇〇八年、「解説」三六七頁以下を参照。
さらにハーフィズについては以下を参照。蒲生礼一『ペルシアの詩人』紀伊国屋新書、一九六四年、一五一頁以下。黒田恒男『ペルシアの詩人たち』東京新聞出版局、一九八〇年、二五七頁以下。

10 『世界文学事典』一二二三頁。なおこの詩句にまつわる有名な逸話として以下のものが挙げられる。
前掲の黒柳恒男の「解説」によれば、このガザルが広く世に知れわたったのち、十四世紀末から十五世紀初頭にかけて、中央・西アジアに強大な帝国を築き上げたティムール（Tīmūr 1336〜1405）がハーフィズと会見する機会があった。そのときティムールは、自分が長年かけて剣の力でサマルカンドとブハーラーを占領し、都として繁栄させたのに、乙女の黒子《ほくろ》の代償にそれらを与えるとは何ごとか、と責めた。するとハーフィズは地に伏して次のように答えたという。「王よ、かかる気前良さのため、かように落ちぶれました」と。ティムールはこの当意即妙の返答をいたく気に入り、彼を赦し恩賞を与えた、というのである。いささか上出来にすぎるフィクションとしてここに取り上げたのは、『西東詩集』においてゲーテはこのティムールにその名を冠した一つの「書」を与え、ナポレオンのモスクワ遠征を暗示する雄編「冬とティムール」をそこに収めているからである。この詩のためにゲーテが資料としたのは、アラブの文人イブン・アラブシャー（一三八九〜一四五〇）のアラビア語によるティムール伝の一部をイギリスの東洋学者ウィリアム・ジョーンズがラテン語に訳し、一七七七年にロンドンで出版したテクストであった。ゲーテはこの書物のドイツでの刊行本を一八一四年冬に入手している。なおティムールのイスラーム信仰については、スーフィズムの強い影響下にあったことが知られている。この点については、久保一之『ティムール　草原とオアシスの覇者』、山川出版社、二〇一四年、四四頁以下を参照。

11 潮出版社版『ゲーテ全集』第十五巻、三〇七頁。

12 ちくま学芸文庫版『ニーチェ全集』第十一巻、信太正三訳、四八七頁を参照。

13 同右、一七〇頁を参照。なおニーチェは一八八四年秋に「ハーフィズに捧ぐ」という詩を書いている。

14 Der Diwan von Mohammed Schemsed-din Hafis.Aus dem Persischen zum erstenmal ganz übersetzt von Josef v.Hammer. zweiter Theil,Stuttgart/Tübingen 1813, S.90f. 拙訳による。

15 Hans Heinrich Schaeder,Die Persische Vorlage von Goethes 'Seliger Sehensucht'.In:*Festschrift für Eduard Spranger*,Leipzig 1942, S.101.

16 Muhammad Schams ad-Din Hafis,*Gedichte aus dem Diwan*.Ausgewählt und herausgegeben von Johann Christoph Bürgel,Stuttgart 1972, S.112.

17 Schaeder,op.cit., S.99.　拙訳による。

18 ハーフィズ前掲書、「解説」、三八三頁以下を参照。

19 同右、「解説」、三八六頁を参照。

20 潮出版社版『ゲーテ全集』第十五巻、三二三頁以下。

21 Schaeder,op.cit., S.100.

22 ハーフィズ前掲書、二〇五頁、二八一番。

23 同右、「解説」、三八八頁以下を参照。

24 井筒俊彦『イスラーム哲学の原像』岩波新書、一九八〇年、六一頁、一六五頁以下を参照。

25 アンネマリー・シンメル「古典的スーフィズム—神秘思想とその象徴的表現」、『岩波講座 東洋思想 第四巻 イスラーム思想2』、一九八八年、五七頁を参照。なお「ナフス アンマーラ」については井筒俊彦『イスラーム哲学の原像』、五六頁、七一頁も参照。

26 Annemarie Schimmel,*Die Zeichen Gottes.Die religiöse Welt des Islam*,München 1995, S.35,51. Dies.,Al-Halladsch—„*O Leute,Rettet mich vor Gott*,„*Texte islamischer Mystik*,Freiburg/Basel/Wien 1995, S.28. dies.,*Mystische Dimensionen des Islam.Die Geschichte des Sufismus*,Frankfurt a.M./Leipzig 1995, S.109. dies.,*Sufismus.Eine Einführung in die islamische Mystik*,München 2000, S.32f..

27 井筒俊彦『イスラーム思想史』、中公文庫、二〇〇五年、一九八頁以下を参照。

28 シンメル前掲書、六八頁。

29 ファリード・ウッディーン・ムハンマド・アッタール『イスラーム神秘主義聖者列伝』、国書刊行会、一九九八年、三五四頁以下、藤井守男訳による。ならびにシンメル前掲書、七一頁も参照。なおハッラージュの火刑については、蒲生礼一『イスラーム』、岩波新書、一九五八年、四六頁以下を参照。

30 Louis Massignon, *La Passion de Husayn Ibn Mansûr Hallâj*, Paris 1975.

31 Vgl.Schaeder,op.cit.,S.102. Schimmel,*Al-Halladsch*,S.306f.. *Massignon,op.cit.* TOME III,S.306f..

32 古泉迦十『火蛾』講談社、二〇〇〇年、一一〇頁。

33 『西東詩集』「パルゼびとの書」のうちの詩「古代ペルシアの信仰による遺言」から。潮出版社版『ゲーテ全集』第二巻、一七六頁。

34 アンリ・コルバン『イスラーム哲学史』、岩波書店、一九七四年、二三九頁の黒田壽郎・柏木英彦訳による。

35 Ahmad Ghazzali,*Gedanken über die Liebe.* Nach der Edition von Hellmut Ritter. Aus dem persischen Übertragen von Gisela Wendt,Amsterdam 1968, S.64.

36 Vgl.Henri Corbin, *Histoire de la philosophie islamique,* Paris 1964, S.281.

37 コルバン前掲書、二三九頁。

38 アッタール『鳥の言葉　ペルシア神秘主義比喩物語』、平凡社、二〇一二年、二五四頁以下。黒田恒男訳による。

39 Hellmut Ritter, *The Ocean of the Soul. Men,the World and God in the Stories of Farīd al-Dīn 'Aṭṭār.* Translated by John O' Kane with Editional Assistance of Bernd Radtke,Leiden/Boston 2013, S.606.

40 Schimmel,*Mystistische Dimensionen des Islam,* Frankfurt a.M./Leipzig 1995, S.109.

41 古泉迦十、前掲書、一〇五頁以下。

42 同右、一〇七頁以下。

43 同右、六四頁。

1 『西東詩集』、『注解と論考』ともにドイツ語のテクストは以下のものを使用する。*Johann Wolfgang Goethe. West-östlicher Divan.Studienausgabe.* Hrsg.v.Michael Knaupp,Stuttgart 2010.

2 Johann Christoph Adelung,*Versuch eines vollständigen grammatisch-kritischen Wörterbuches der hochdeutschen Mundart.*5Bde., Leipzig 1774~1786.2.Aufl.1793~1801.

3 ……富とは何を謂うのか？　―温かい太陽だ。／わたしたちと同様に、乞食が享受する太陽だ！／乞食の勝手気ままなよろこび（selige Wonne）に／富めるひとよ、どなたもお腹立ちあるな！……（潮出版社版『ゲーテ全集』第二巻、二二〇頁）。

4 潮出版社版『ゲーテ全集』第四巻、一八八頁。

5 この点については以下を参照。Gert Ueding,Selige Sehnsucht.In:*Goethe Handbuch.*Hrsg.v.Bernd Witte[u.a.],Bd.1,Stuttgart/Weimar 1996, S.378f..

カール・オットー・コンラーディ『ゲーテ　生活と作品』下巻、南窓社、二〇一二年、一〇四三頁以下、三木正之／森良文／小松原千里／平野雅史訳による。

なお、この表現と同様のものが元歌となったハーフィズの詩の結句にみられるが、これはペルシア詩における特徴的なモチーフもしくはトポスである。これについては以下を参照。Schaeder,op.cit., S.100f.

6 ゲーテ『ファウスト』第一部、柴田翔訳による。

7 『ハーフィズ詩集』平凡社、二〇〇八年、一〇五頁、一四二番、黒柳恒男訳による。

8 同右、二二三頁、三〇七番。

9 ミハイール・バフチーン『フランソワ・ラブレーの作品と中世・ルネッサンスの民衆文化』、せりか書房、一九七三年、二一四頁以下を参照、川端美男里訳による。なお、ゲーテの『イタリア紀行』においてローマのカーニヴァルのもつ意味については以下を参照。髙橋明彦『ゲーテ「イタリア紀行」の光と翳』、青土社、二〇一一年、一五七頁以下。

10 バフチーン前掲書、二一八頁以下。

11 Grimm,*Deutsches Wörterbuch*.I/Sp.1547. Vgl.Christa Dill,*Wörterbuch zu Goethes West-östlichem Divan*, Tübingen 1987, S.39.

12 ゲーテ「ディドロの絵画論」Diderots Versuch über die Mahlerei, フランクフルト版ゲーテ全集、第一部第十二巻四三七頁。

13 平井俊夫『ゲーテ　西東詩集―翻訳と注釈』、郁文堂、一九八九年、一九八頁。

14 「比較解剖学総序論第一草案最初の三章に関する論述」、木村直司編訳『ゲーテ形態学論集・動物篇』ちくま学芸文庫、二〇〇九年、一五五頁参照。

15 Vgl. Burdach,op.cit. S.335.

16 潮出版社版『ゲーテ全集』第一巻、三三五頁、田中義弘訳による。

17 ヴァルター・ベンヤミン「ボードレールにおけるいくつかのモティーフについて」、浅井健二郎編訳、久保哲司／土合文夫訳『ヴァルター・ベンヤミン　パリ／ボードレール論集成』、ちくま学芸文庫、二〇一五年、二四九頁以下。

18 ボードレール『悪の華』、『ボードレール全集』第一巻、筑摩書房、一九八三年、五二頁以下、阿部良雄訳による。

19 ベンヤミン前掲書、三〇六頁。

20 ボードレール前掲書、二一頁。

21 ベンヤミン前掲書、三〇九頁。

22 同右、三〇八頁以下を参照。

23 ボードレール前掲書、一三六頁。ただし傍点は筆者による。

24 京都大学人文科学研究所　多田道太郎編『悪の花　註釈』上巻、平凡社、一九八八年、二六五頁以下の松本勤による註釈を参照。

25 フランクフルト版ゲーテ全集、第三八巻、九七四頁を参照。

26 Goethe. *Maximen und Reflexionen.* Text der Ausgabe von 1907 mit der Einleitung und den Erläuterungen Max Heckers,Frankfurt a.M.1976, S.66. Nr.302.

27 *Goethes Gespräche.* Hrsg.v.Woldemar Freiherr von Biedermann,Bd.3:1811~1818,Leipzig 1889, S.19, Nr.535.

28 Burdach,op.cit., S.337.

29 Ewald Rösch,Goethes *Selige Sehnsucht* — eine tragische Bewegung.(1970).In:Interpretationen zum *West-östlichen Divan Goethes,* Hrsg.v.Edgar Lohner,Darmstadt 1973, S.228ff..

30 斎藤忍随『知者たちの言葉—ソクラテス以前』、岩波新書、一九七六年、四二頁。

31 古東哲明『現代思想としてのギリシア哲学』、講談社選書メチエ、一九九八年、七〇頁。
32 同右、六九頁。
33 『若きウェルテルの悩み』、一七七二年六月十六日ヴィルヘルム宛書簡、手塚富雄訳による。
34 『ヘルマンとドロテーア』「ウラーニアの巻」、高橋健二訳による。
35 井筒俊彦『イスラーム哲学の原像』、五六頁。
36 ゲーテ『完訳版色彩論』、工作舎、一九九九年、第二巻歴史篇、一三四頁。南大路振一他訳による。なお、ゲーテの〈色彩神学〉についての基本的研究書であるアルブレヒト・シェーネの著作、Albrecht Schöne, *Goethes Farbentheologie*, München 1987. においては、ロジャー・ベーコンの〈小・色彩論〉については言及されていない。
37 潮出版社版『ゲーテ全集』第一巻、二七一頁以下、田口義弘訳による。
38 Max Kommerell, *Gedanken über Gedichte*, Frankfurt a.M. 1985(4.Aufl.), S.296. 拙訳による。
39 潮出版社版『ゲーテ全集』第二巻、二五七頁。この詩は前掲のA・シェーネの『色彩神学』においても取り上げられ、詳細な注が付されているが、ここでは深く立ち入ることはできない。Vgl. *Schöne, op.cit.*, S.226ff.
40 井筒俊彦『イスラーム哲学の原像』、一七八頁。
41 同右、一七九頁。
42 同右。なおスフラワルディーについては、コルバン前掲書、二四二頁以下、ならびにクリスチャン・ジャンベ「スフラワルディーと照明哲学」、『岩波講座　東洋思想　第四巻　イスラーム思想2』、一九八八年、所収、三浦伸夫訳を参照したが、いずれも〈色彩〉についての具体的言及はなされていない。

43 カール・レーヴィット『ヘーゲルからニーチェへ——十九世紀思想における革命的断絶』(三島憲一訳)上巻、岩波文庫、五〇頁以下を参照。

44 フーベルトゥス・テレンバッハ『メランコリー〔改訂増補版〕』(木村敏訳)、みすず書房、二〇一〇年、二四八頁以下を参照。

45 井筒俊彦訳・解説『イスラーム古典叢書 ルーミー語録』、岩波書店、一九七八年。

46 『注解と論考』、潮出版社版『ゲーテ全集』第十五巻、二〇三頁。

47 同右、三〇七頁。

48 『ルーミー語録』、六一頁以下。

49 『ルーミー語録』解説、四三三頁。

50 同右、四三四頁。

51 『ルーミー語録』、四一頁以下。

52 同右、七五頁。

53 『穏やかなクセーニエン』第六集、一七七一〜七三行。フランクフルト版ゲーテ全集第二巻、六八〇頁。なおこの詩句については以下を参照。Katharina Mommsen,*Goethe und Islam*,Frankfurt a.M.Leipzig 2001, S.222.

主要参考文献

1

ドイツ語版『西東詩集』のテクストは以下のものに拠る。

Johann Wolfgang Goethe, *West-östlicher Divan.Studienausgabe.*Hrsg.v.Michel Knaupp, Stuttgart 2010.

適宜以下のゲーテ全集の注釈等を参照した。

フランクフルト版：*Sämtliche Werke.Briefe, Tagebücher und Gespräche.*Hrsg.v.Dieter Borchmeyer u.a., Frankfurt a.M.1985～1999.

ミュンヘン版：*Sämtliche Werke nach Epochen seines Schaffens.*Hrsg.v.Karl Richter in Zusammenarbeit mit Herbert G.Göpfert, Norbert Miller, Gerhard Sauder und Edith Zehm, München 1985～1998.

ハンブルク版：*Goethes Werke.*Hrsg.v.Erich Trunz, Hamburg 1948～1960.

コッタ記念版：*Sämtliche Werke.Jubiläumsausgabe.*Hrsg.v.E.v.d.Hellen, Stuttgart/Berlin 1902～1912.

さらに以下の単行本の注釈も使用した。

*Goethe, West-östlicher Divan.*Unter Mitwirkung v.Hans Heinrich Schaeder. Hrsg.v.Ernst Beutler, Leipzig 1943.

2 ハンマー訳ハーフィズ詩集のテクストは以下のものに拠る。
Der Diwan von Mohammed Schemsed-din Hafis.Aus dem Persischen zum erstenmal ganz übersetzt von Josef v.Hammer, Stuttgart/Tübingen 1812~1813.

3 ゲーテ作品邦語訳
潮出版社版『ゲーテ全集』、一九七九~一九九二年
ゲーテ『西東詩集―翻訳と注釈』平井俊夫訳、郁文堂、一九八九年
ゲーテ『完訳版　色彩論』南大路振一・高橋義人・前田富士男・嶋田洋一郎訳、工作舎、一九九九年
ゲーテ『色彩論』木村直司訳、ちくま学芸文庫、二〇〇一年
『ゲーテ形態学論集　動物篇』木村直司編訳、ちくま学芸文庫、二〇〇九年

4 イスラーム作品文献邦語訳
アッタール『イスラーム神秘主義聖者列伝』藤井守男訳、国書刊行会、一九九八年
同　『鳥の言葉―ペルシア神秘主義比喩物語詩』黒柳恒男訳、平凡社、二〇一二年
ハーフィズ『ハーフィズ詩集』黒柳恒男訳、平凡社、二〇〇八年
ルーミー『イスラーム古典叢書　ルーミー語録』、井筒俊彦訳・解説、岩波書店、一九七八年

5 辞典、事典類

『イスラーム辞典』大塚和夫・小杉泰・小松久男・東長靖・羽田正・山内昌之編集、岩波書店、二〇〇二年
『集英社　世界文学事典』『世界文学事典』編集委員会編、集英社、二〇〇二年
Adelung, Johann Christoph: *Versuch eines vollständigen grammatisch-kritischen Wörterbuchs der hochdeutschen Mundart.* 5 Bde., Leipzig 1774~1786.—2.Aufl.1793~1801.
Dill, Christa: *Wörterbuch zu Goethes West-östlichen Divan,* Tübingen 1987.
Goethe-Wörterbuch. Hrsg.von der Deutschen Akademie der Wissenschaften zu Berlin, der Akademie der Wissenschaften in Göttingen und der Heidelberger Akademie der Wissenschaften, Stuttgart 1978ff.
Grimm, Jacob und Wilhelm: *Deutsches Wörterbuch,* Leipzig 1854~1960.
Wilpert, Gero von: *Goethe-Lexikon,* Stuttgart 1998.

6

日本語文献

井筒俊彦『イスラーム哲学の原像』、岩波新書、一九八〇年
同　『『コーラン』を読む』、岩波書店、一九八三年
同　『イスラーム文化―その根柢にあるもの』、岩波文庫、一九九一年
同　『イスラーム思想史』、中公文庫、二〇〇五年
同　「スーフィズムと言語哲学」（一九八四年）、『井筒俊彦全集』、慶應義塾大学出版会、第八巻所収、二〇一四年

同　「スーフィズムとミスティシズム」（一九八四年）、『井筒俊彦全集』、慶應義塾大学出版会、第八巻所収、二〇一四年
同　「イスマイル派「暗殺団」―アラムート城砦のミュトスと思想」（一九八六年）『井筒俊彦全集』、慶應義塾大学出版会、第九巻所収、二〇一五年
エッカーマン『ゲーテとの対話』山下肇訳、岩波文庫、一九六九年
小栗浩『「西東詩集」研究―その愛を中心として』、郁文堂、一九七二年
蒲生礼一『イスラーム（回教）』、岩波新書、一九五八年
同　『ペルシアの詩人』、紀伊国屋新書、一九六四年
菊池栄一『唱和の世界―ゲーテ『西東詩集』理解のために』、朝日出版社、一九七七年
木村直司『ロゴスの彩られた反映』、南窓社、二〇一六年
久保一之『ティムール　草原とオアシスの覇者』、山川出版社、二〇一四年
黒柳恒男『ペルシアの詩人たち』、オリエント選書、東京新聞出版局、一九八〇年
古泉迦十『火蛾』、講談社、二〇〇〇年
古東哲明『現代思想としてのギリシア哲学』、講談社選書メチエ、一九九八年
コルバン、アンリ『イスラーム哲学史』黒田壽郎・柏木英彦訳、岩波書店、一九七四年
コンラーディ、カール・オットー『ゲーテ　生活と作品』三木正之・森良文・小松原千里・平野雅史訳、南窓社、二〇一二年
斎藤忍随『知者たちの言葉―ソクラテス以前』、岩波新書、一九七六年
ザルコンヌ、ティエリー『スーフィー―イスラームの神秘主義者たち』東長靖監修／遠藤ゆかり訳、

創元社、二〇一一年
柴田翔『詩に映るゲーテの生涯』、丸善ライブラリー、一九九六年
嶋本隆光『イスラームの神秘主義―ハーフェズの智慧』、京都大学学術出版会、二〇一四年
ジャンベ、クリスチャン「スフラワルディーと照明哲学」三浦伸夫訳、『岩波講座　東洋思想　第四巻　イスラーム思想2』所収、岩波書店、一九八八年
シュタイガー、エーミール『ゲーテ』三木正之・小松原千里・平野雅史他訳、人文書院、一九八一～一九八二年
シンメル、アンネマリー「古典的スーフィズム―神秘思想とその象徴的表現」小田淑子訳、『岩波講座　東洋思想　第四巻　イスラーム思想2』所収　岩波書店、一九八八年
鈴木邦武『ゲーテとペルシアの詩人たち―『西東詩集』成立に関する比較文学的研究　その3』南江堂、一九八七年
髙橋明彦『ゲーテ『イタリア紀行』の光と翳』青土社、二〇一一年
テレンバッハ、フーベルトゥス『メランコリー〔改訂増補版〕』木村敏訳、みすず書房、二〇一〇年
ニコルソン、レイノルド・A『イスラムの神秘主義　スーフィズム入門』中村廣治郎訳、平凡社、一九九六年
バシュラール、ガストン『蠟燭の焰』澁澤孝輔訳、現代思潮新社、二〇〇七年
バフチーン、ミハイール『フランソワ・ラブレーの作品と中世・ルネッサンスの民衆文化』川端美男里訳、せりか書房、一九七三年

ベンヤミン、ヴァルター「ボードレールにおけるいくつかのモティーフについて」、『ヴァルター・ベンヤミン　パリ／ボードレール論集成』浅井健二郎編訳、久保哲司・土合文夫訳所収、ちくま学芸文庫、二〇一五年

ボードレール、シャルル『悪の華』、『ボードレール全集』第一巻、阿部良雄訳、筑摩書房、一九八三年

松本勤「ボードレール（夜の大空にもひとしく・・・）」注釈、京都大学人文科学研究所　多田道太郎編『悪の花　註釈』、平凡社、一九八八年

レーヴィット、カール『ヘーゲルからニーチェへ―十九世紀思想における革命的断絶』三島憲一訳、岩波文庫、二〇一五年～二〇一六年

若松英輔『井筒俊彦―叡知の哲学』、慶應義塾大学出版会、二〇一一年

7

外国語文献

Biedermann, Woldemar Freiherr von:*Goethes Gespräche*.Bd.3:1811~1818, Leipzig 1889.

Bosse, Anke:*Meine Schatzkammer füllt sich täglich… Die Nachlaßstücke zu Goethes* >*West-östlichem Divan*<.*Dokumentation-Kommentar*, 2Bde., Göttingen 1999.

Burdach, Karl Ernst Konrad:Anmerkungen zu *Jubiläumsausgabe*.Bd.5, Stuttgart/Berlin 1905.

Corbin, Henri:*Histoire de la philosophie islamique*, Paris 1964.

Falaki, Mahmood:*Goethe und Hafis. Verstehen und Missverstehen in der Wechselbeziehung deutscher und persischer Kultur*, Berlin 2013.

Ghazzali, Ahmed:*Gedanken über die Liebe.*Nach der Edition von Hellmut Ritter.Aus dem persischen Übertragen von Giesela Wendt, Amsterdam 1968.

Goethe, Johann Wolfgang:*Maximen und Reflexionen.*Text der Ausgabe von 1907 mit der Einleitung und Erläuterungen Max Heckers, Frankfurt a.M. 1976.

Hafis:*Gedichte aus dem Diwan.*Ausgewählt und herausgegebenen von Johann Christoph Bürgel, Stuttgart 1972.

Kermani, Navid:*Zwischen Koran und Kafka. West-östliche Erkundungen,* München 2016.

Kommerell, Max:*Gedanken über Gedichte,* Frankfurt a.M. 1985(4.Aufl.).

Korff, Hermann August:*Der Geist des West-östlichen Divans;Goethe und der Sinn seines Lebens,* Hannover 1922.

Kraft, Werner:Selige Sehnsucht.In:W.K:*Goethe. Wiederholte Spiegelungen aus fünf Jahrzehnten,* München 1986.

Massignon, Louis:*La Passion de Husayn Ibn Mansûr Hallâj, martyr mystique de l' Islam,* Paris 1975.

Mommsen, Katharina:*Goethe und die arabische Welt,* Frankfurt a.M. 1988.

—— *Goethe und der Islam,* Frankfurt a.M.2001.

Pyritz, Hans:*Goethe Studien.*Hrsg.v.Ilse Pyritz, Köln/Graz 1962.

Ritter, Hellmut:*The Ocean of the Soul.Men, the World and God in the Stories of Farīd al-Dīn 'Aṭṭār.* Translated by John O'kane with Editional Assistance of Bernd Radke, Leiden/

Boston 2013.

Rösch, Ewald:Goethes *Selige Sehnsucht*—eine tragische Bewegung.(1970).In:Interpretationen zum *West-östlischen Divan Goethes,* hrsg.v.Edgar Lohner, Darmstadt 1973.

Schaeder, Grete:*Gott und Welt.Drei Kapitel Goethescher Weltanschaung,* Hameln 1947.

Schaeder, Hans Heinrich:*Goethes Erlebnis des Ostens,* Leipzig 1938.

—— Die Persische Vorlage von Goethes Seliger 'Sehnsucht' .In:*Festschrift für Eduard Spranger,* Leipzig 1942.

Schimmel, Annemarie:*Al-Halladsch—"O Leute, rettet mich vor Gott". Texte islamischer Mystik,* Freiburg/Basel/Wien 1995.

—— *Mystische Dimensionen des Islam.Die Geschichte des Sufismus,* Frankfurt a.M./Leipzig 1995.

—— *Die Zeichen Gottes.Die religiöse Welt des Islam,* München 1995.

—— *Sufismus.Eine Einführung in die islamische Mystik,* München 2000.

—— Einleitung zu *Vogelgespräche und andere klassische Texte* von 'Attar, München 2014.

Schlaffer, Hannelore:Weisheit als Spiel.Zu Goethes Gedicht Selige Sehnsucht.In:*Gedichte und Interpretationen.Bd.3.Klassik und Romantik.*Hrsg.v.Wulf Segebrecht, Stuttgart 2014.

Schöne, Albrecht:*Goethes Farbentheologie,* München 1987.

Ueding, Gert:Selige Sehnsucht.in:*Goethe Handbuch.*Hrsg.v.Bernd Witte u.a., Bd.1, Sttutgart/ Weimar 1996.

あとがき

ゲーテの詩「至福の憧れ」をもう一度読み直すことから開始された本稿をここでふり返ってあらためて感じるのは、いくつかの箇所において引用したアフマド・ガザーリーの『直感』のテクストの重要さである。筆者はアンリ・コルバン『イスラーム哲学史』においてはじめてその存在を知り、そこでも名を挙げられていたヘルムート・リッターが編纂したペルシア語テクストのドイツ語訳によって実際にそのテクストに接することができたのであるが、このテクストこそ本稿のⅠとⅡの部分をゆるやかにつなぐ紐帯であることが確認できるのである。

一点ゆるぎなく燃える蠟燭の焔を神秘的予感にみたされつつじっと見つめる一匹の蛾が、やがて火蛾になろうとするその瞬間の、そのまなざしと、そしてそのまなざしによって打ちひらかれた蠟燭の焔のまなざしとの交わり＝目合《まぐわい》。蠟燭の焔に魅せられ、その中に身を投じた火蛾は、いま、その焔それ自体へと変容する。そしてそのことによってまた同時に、みずからがみずから自身の愛の対象となってしまう、というガザーリーのいう「愛」もしくは「大いなる神秘」が成就する。このことはさらにゲーテの詩「至福の憧れ」からベンヤミンのいう〈アウラ〉を立ち昇らせることにもなる……。その意味においてガザーリーの短くはあるがしかし輝かしいテクストは、ゲーテさらにはハッラージュによる「火蛾の詩学」の核心を示唆するものといえるであろう。

ゲーテとハッラージュの詩、またこれと関連するいくつかのテクストを読み返し、ささやかな注釈ノートを作成する過程で、筆者の脳裡をある思いがよぎった。単なる妄想のたぐいとして一笑に付されるであろうが、その思いとは、この「火蛾の詩学」をもとに、台本を練り、小さな音楽劇もしくはカンタータのようなものが出来はしないか、というものであった。たとえばニーチェの『ディオニュソス讃歌』第七歌「アリアドネの歎き」の詩をもとに、ジャン・バラケ―ミシェル・フーコーの恋人であった―が作曲したニーチェ・カンタータ『セカンス』のような。

もとよりこれは荒唐無稽な夢にすぎない。とはいえ、いまだに筆者はこの望みを捨てかねているのである。

*

本書の表紙には髙島野十郎画伯の「蠟燭」を使用させていただいた。このことに関しては福岡県立美術館ならびに同美術館学芸員の高山百合氏のひとかたならぬご厚意とご配慮を賜った。ここに記して心からの謝意を表したい。また、同美術館との連絡にあたっていただいた朝日出版社に対してもお礼を申し上げる。

朝日出版社の清水浩一氏、近藤千明氏には筆者の研究室にまでたびたび足を運んでいただき、そのつど的確な助言と温かいはげましをいただいた。とくに本書担当の近藤さんは、いつもかわらぬその悠揚とした姿勢でもって本書を完成にまで導いてくださった。心から感謝申し上げたい。ありがとうございました。

二〇一七年七月二十五日　東京　紀尾井町の研究室にて

髙橋明彦

著者紹介

髙橋明彦（たかはし・あきひこ）

1952年東京生まれ。上智大学大学院文学研究科ドイツ文学専攻博士課程退学。上智大学文学部教授

主要著書

『神話的世界と文学』（共著　上智大学出版　2006年）『ゲーテ「イタリア紀行」の光と翳』（青土社　2011年）『ニーチェ　A嬢の物語』（青土社　2013年）ほか

火蛾の詩学

ゲーテとイスラーム神秘主義

2017年9月20日　初版第1刷発行

著　者　髙橋明彦

カバー画　髙島野十郎「蠟燭」個人蔵

カバーデザイン　小島トシノブ

DTP　株式会社フォレスト

発行者　原　雅久

発行所　株式会社　朝日出版社

〒101-0065

東京都千代田区西神田3-3-5

電話　03-3263-3321

FAX　03-5226-9599

http://www.asahipress.com/

印刷・製本　図書印刷株式会社

ISBN978-4-255-01014-4 C1098